# 穆旦译文
# The Translation Works of Mu Dan

## 英国现代诗选
### The Selection of Modern English Poetry

〔英〕T.S. 艾略特 等著

穆旦 译
Translated by Mu Dan

人民文学出版社
PEOPLE'S LITERATURE PUBLISHING HOUSE

### 图书在版编目（CIP）数据

穆旦译文．英国现代诗选／（英）T. S. 艾略特等著；穆旦译．
--北京：人民文学出版社，2024
ISBN 978-7-02-018404-0

Ⅰ.①穆… Ⅱ.①T…②穆… Ⅲ.①穆旦（1918-1977）-译文-文集②诗集-英国-现代 Ⅳ.①I11

中国国家版本馆 CIP 数据核字（2023）第 228287 号

| | |
|---|---|
| 责任编辑 | 陈　旻 |
| 装帧设计 | 刘　远 |
| 责任印制 | 苏文强 |
| 出版发行 | 人民文学出版社 |
| 社　　址 | 北京市朝内大街 166 号 |
| 邮政编码 | 100705 |
| 印　　刷 | 北京盛通印刷股份有限公司 |
| 经　　销 | 全国新华书店等 |
| 字　　数 | 102 千字 |
| 开　　本 | 787 毫米×1092 毫米　1/32 |
| 印　　张 | 9　插页 1 |
| 版　　次 | 2024 年 2 月北京第 1 版 |
| 印　　次 | 2024 年 2 月第 1 次印刷 |
| 书　　号 | 978-7-02-018404-0 |
| 定　　价 | 66.00 元 |

如有印装质量问题，请与本社图书销售中心调换。电话:010-65233595

# 目　次

序言 …………………………………………… *1*

## T. S. 艾略特（1888—1965）

阿尔弗瑞德·普鲁弗洛克的情歌 …………………… *1*

一位女士的肖像 …………………………… *18*

序曲 ……………………………………… *26*

窗前的清晨 ……………………………… *31*

波斯顿晚报 ……………………………… *32*

悲哀的少女 ……………………………… *33*

河马 ……………………………………… *36*

枯叟 ……………………………………… *40*

荒原 ……………………………………… *57*

T. S. 艾略特的《荒原》 …………………… *81*

空虚的人们 …………………………………………… *124*

灰星期三节 …………………………………………… *131*

## W. H. 奥登(1907—1973)

在战争时期——十四行诗组,附《诗解释》………… *134*

探索(十四行诗组,选十首)………………………… *179*

    门 ……………………………………………………… *179*

    准备 …………………………………………………… *180*

    诱惑之一 ……………………………………………… *181*

    诱惑之二 ……………………………………………… *182*

    塔 ……………………………………………………… *183*

    冒失者 ………………………………………………… *184*

    职业 …………………………………………………… *185*

    道 ……………………………………………………… *186*

    冒险 …………………………………………………… *187*

    冒险者 ………………………………………………… *188*

美术馆 …………………………………………………… *190*

正午的车站 ……………………………………………… *192*

悼念叶芝 ………………………………………………… *193*

旅人 ……………………………………………………… *198*

太亲热,太含糊了 ……………………………………… *200*

| | |
|---|---|
| 步父辈的后尘 | 203 |
| 请求 | 206 |
| 我们的偏见 | 207 |
| 大船 | 209 |
| 不知名的公民 | 211 |
| 这儿如此沉闷 | 213 |
| 要当心 | 215 |
| 我们都犯错误 | 217 |
| 让历史作我的裁判 | 219 |
| 西班牙 | 221 |
| 歌(第二十七曲) | 228 |
| 歌(第二十八曲) | 230 |

## 斯蒂芬·斯彭德(1909—1995)

| | |
|---|---|
| 我不断地想着 | 233 |
| 特别快车 | 235 |
| 国王们的最后道理 | 237 |
| 等他们厌倦了 | 239 |
| 不是宫殿 | 241 |
| 一个城市的陷落 | 243 |
| 北极探险 | 245 |

## C. D. 路易斯(1904—1972)

请想想这些人 ………………………………… *248*
十四行 ………………………………………… *250*
两人的结婚 …………………………………… *251*

## 路易斯·麦克尼斯(1907—1963)

跳板 …………………………………………… *253*
探险 …………………………………………… *255*
预测 …………………………………………… *257*

## W. B. 叶芝(1865—1939)

一九一六年复活节 …………………………… *260*
驶向拜占庭 …………………………………… *265*

# 序　言

我校完了良铮这本最后的遗稿《英国现代诗选》时，他已经离开我们五年多了。抚今思昔，觉得有几句话要说。

这本诗选是个诗人之选，而非学人之选。它不是一本各方面顾到，对各种流派、各种风格的诗人均有所反映，在大学课堂里可以用作教本的那种选集，而是一位诗人跨越了文化和语言的障碍，与在不同文化传统下用另一种文字写作的另一些诗人的心灵上交流的产物。因之它有不同于一般的特色。

这本选集里的作品主要是艾略特和奥登两位诗人的，其余的如斯彭德、C. D. 路易斯、麦克尼斯可以说是奥登的一派。叶芝是位极重要的诗人，可只译了他两首，这不是因为译者不重视他的诗，而是因为良铮不幸早逝，这本诗选还是未完成的杰作。但他既译了，我也就把它附在这选集里。

艾略特是近代英诗的大家,从二十年代起掌领英美诗坛数十年,使从十九世纪浪漫主义诗歌一脉相传下来的诗风一变,开创了现代派诗歌的风格,并且改变了人们对诗的口味。奥登后起约十年,影响可能不及艾略特,但也是一位有才华的重要诗人。我国开始知道艾略特和奥登是在三十年代一些大学的外文系里。记得一九三八年至一九三九年和良铮同在西南联大的时候,英国燕卜荪先生教现代诗一课,叶芝、艾略特、奥登以及更年轻的狄兰·托马斯(Dylan Thomas,1914—1953)的诗都是当时在课堂上讲过的。良铮那时已是很有成就的诗人,接触了新事物,自然更开阔了他的诗的境界。他有许多作品就明显的有艾略特的影响。四十年代末期,他曾把自己的诗若干首译成英文。当时一位美国诗人看到了,说其中有几首风格像艾略特,这很可说明他给我国新诗引进了新风格。因之他在五十年代初回国后不久就受到不公正的待遇,二十多年无法发表诗作,在从事于翻译普希金、拜伦、雪莱、济慈等为我国一般能接受的诗人的著作之余,于七十年代后半期又译了当时几乎无人过问的艾略特等人的诗,这就不是没有渊源的了。我特别记得一九七七年春节时在天津看见他。他向我说他又细读了奥登的诗,自信颇有体会,并且在翻译。那时他还不可能知道所译的奥登的诗还有发表的可能。所以这些译诗和附在后面代表他对原诗的见解的大量注释,纯粹是一种真正爱好的产物。

如前所述,这本诗选主要介绍的是艾略特和奥登两位现代派诗人。对我国一般读者来说,理解、欣赏英国浪漫派诗歌如华兹华斯、拜伦、雪莱、济慈乃至更古的诗歌如莎士比亚十四行诗都还容易,因为这些虽是异国风光,但诗材、诗境、诗律和我国诗的传统很有相通之处,稍为熟悉一下,接受并不困难。现代诗可不一样。我国传统的文学批评里对许多开创新境界的作家常有一种说法,认为某人是"以文入诗,以不可入文者入文。"把它拿来形容艾略特的诗倒颇合适。他诗中确是包含了大量十九世纪浪漫主义时代,稍后的维多利亚时代,以至二十世纪初的乔治时代的诗中从来未见的、不可入诗的东西。他的诗从题材、语言、技巧到总的艺术效果都是英诗中前所未有的。所以一问世之后就引起注意,不管赞成或反对,总之都不能无视它的存在。而等到终于被接受之后就变更了一代的风尚。艾略特又是个大批评家,同时开创了文艺批评的新学

派。他最早一本诗集出版于一九一七年,其中的《阿尔弗瑞德·普鲁弗洛克的情歌》一开始是这样的:

> 那么我们走吧,你我两人,
> 正当朝天空慢慢铺展着黄昏
> 好似病人麻醉在手术台上;

而在同一诗中,作为诗中上层社会仕女在客厅中进行社交活动的背景的描写却又是这样的:

> 黄色的雾在窗玻璃上擦着它的背,
> 黄色的烟在窗玻璃上擦着它的嘴,
> 把它的舌头舔进黄昏的角落,
> 徘徊在阴沟里的污水上,
> 让跌下烟囱的烟灰落上它的背,
> 它溜下台阶,忽地纵身跳跃,
> 看到这是一个温柔的十月的夜,
> 于是便在房子附近蜷伏起来安睡。

表现形式既然如此奇特,必然是表现的对象有此需要。艾略特开始正式写诗在第一次世界大战前后,当时资本主义欧洲政治、经济、精神上都四分五裂,空虚幻灭,处于严重的危机之中。艾略特三十年代以前的诗,基本上都以不同方式反映了这一现实,而以《荒原》一诗为最。当然艾略特晚年曾经对人说过:"承蒙各派评论家把这首诗〔指《荒原》——笔者按〕解释为对当代社会的批判,甚至当作重要的社会批判。我自己却认为这不过是个人在完全无足轻重地对生活咕哝两句,发泄一下罢了;它不过是带有韵律的牢骚。"但正如有的评家所指出的那样,《荒原》一诗经过学者和评论家们左评右评,一分析再分析,也确实使作者有些吃不消。所以艾略特常常在口头或书面上半真半假地对《荒原》作出如上这类评论,来调侃一下评家们。其实原诗俱在,并不能说评家们无中生有,《荒原》一诗确是某种对现实的反映,这一点是明显的。良铮选译的大多是艾略特反映这类内容的早期之作,我想他是有用意的。因为从内容上讲,这一部分诗确是最为可取。到了艾略特后期从宗教中找安身立命之处时写的如《四重奏四种》等,艺术上我们当然要重视,但思想内容与我国读者的距离就要大多了。《灰星期三节》是艾略特诗创作上的转折点。这选集里也选有一首。此诗作于一九三○年,同年艾略特皈依了英国国教,并入了英国籍,完成了他自己说的"政治上是保守派,宗教上是天主教,文学上是古典派"的愿望。这诗里说:

　　因为我不希望再转动
　　就让这些话来回答

那已做过和不再做的一切吧

愿审判我们不要过重。

从这诗里就可看出他这时的心情和思想。

艾略特的诗素称难读,但经过半个多世纪的模仿、评论、分析,就西方读者而论是比较容易读了,但我国读者对他的诗的特点的理解可能还需要一些说明介绍。艾略特对于他的诗的晦涩曾有间接的解释,在他有名的《论玄学诗人》(1921)一文中有这样一段话:

> 我们只得说,看来就当前而论,在我们文化传统中的诗人是不得不晦涩难读的。我们的文化十分多样而复杂,而这样的多样性和复杂性作用于〔诗人的〕细致的敏感性上就不会不产生多样和复杂的效果,于是诗人就不得不越来越包罗万象,越来越用典繁多,越来越曲折隐晦以求强使语言,必要时甚至打乱语言来表达他的意思。

这段话很可以说明欧美现代诗所以难读的文化背景。具体地说,艾略特以及受他影响的诗人的作品所以晦涩,大致有以下原由。

接触艾略特的作品,特别是《荒原》,我们首先遇到的困难就是诗人用好几种古典或现代语言明引或暗引自不少于三十几种作品的典故或引语。虽然对于出处艾略特自己曾做了笺注,在译文里又都译成了汉语,减少了某些困难(可能也减少了某些诗味),但并不使得这诗变得很好读。艾略特曾在英国牛津、法国巴黎、美国哈佛等大学读书,后来入英国籍常住欧洲,德、法、意文学,希腊、拉丁文学乃至印度小乘佛学都曾涉猎,而对各种文化的直接接触也很多,诗里有这种反映不是没有渊源的。

艾略特的诗法曾有人比之为电影里的"蒙太奇"方法,这确也有点相像。我们知道,艾略特早期的诗大都以现代城市生活为背景,这一点他以前的诗人如法国的波德莱尔也用过,是造成现代诗大不同于浪漫主义或维多利亚时代诗的一个重要因素,可以说是以不可入诗者入诗之一端。在处理这一类题材上,艾略特曾以对比、跳跃的方法来运用意象、戏剧场面、零断的对话等等。例如《荒原》第一章里描述了在命相家索索斯垂斯夫人家的一景。然后,在第二章,我们被引到一处豪华的闺房里,听到一位歇斯底里的贵妇对她的情夫,也可能是丈夫的讲话。跟着是一段在接近酒馆打烊时的对话,夹杂着酒店伙计叫喊着要关门,催客人快走的呼声。然后,在第三章近结尾处,又提到下泰晤士街的酒吧间,四弦琴的"悦耳的怨诉"等。其他的描述则有的景象很优美(红帆/撑得宽宽的/顺风而下,

在桅上摇摆),有的则用通常是使人厌恶的东西入诗,以取得某种效果:

> 一只老鼠悄悄爬过了草丛
> 把它湿黏的肚子拖过河岸,
> 而我坐在冬日黄昏里的煤气厂后,
> 对着污滞的河水垂钓,

有的景色则十分凄惨瘆人,如第一章中的:

> 在冬天早晨棕黄的雾下,
> 一群人流过伦敦桥,啊,这么多
> 我没有想到死亡毁灭了这么多。
> 叹息,隔一会短短地嘘出来,
> 每人的目光都盯着自己的脚。

这是写的从伦敦四郊来的职员诸色人等,从车站出来,通过伦敦桥,到金融中心上班。以上这一幕幕景色往往是写实的,甚至是自然主义的,但因为加上了一层幻想的色彩,从某一观点上来说又是有"浪漫的"意味的。

艾略特在《荒原》一诗中还用了象征的手法。如水这一意象在诗中就用了多次,或与生命联系,或与死亡联系,甚至与情欲联系,造成了丰富的象征意义。火的意象和死亡的意象也同样有象征意义。本选集中附在诗后的布鲁克斯和华伦的评论中,对这些有详细论述,在此不重复。

评论《荒原》总不免要提到这首诗的另一层意义,就是神话意义。艾略特在此诗的自注里特别提到繁殖礼仪,并且说这首诗里运用了韦斯顿的《从祭仪到罗曼史》和弗莱彻的《金枝》一书里的材料,来造成其中的一些神话意义。依艾略特说,所谓"神话的方法",就是在"今"与"古"之间建立一种平行的关系。被基督教转化为寻求圣杯的故事的原来存在于拜繁殖教礼仪中的渔王的神话,某些基督教《圣经》故事和但丁的《神曲》,这些是《荒原》中的神话意义的三个主要来源。因为有这些层次,使这首诗比较难读;而另一方面,如我们读这首诗时能就以写实手法进行的描述的意义、象征的意义和神话的意义三个层次来了解,也就会体会得深一些,全面一些了。这里还要说明一点,译者附加了对《荒原》和其他诗的一些有的是他自己的,有的是引用别人的注释,除了大多数牵涉到出典的之外,都不能认为是定论,要紧的是请读者利用这些提供的帮助来细读原诗,反复玩味,才能真正有所体会,以至得出某种结论。对艾略特就说这些吧!

这本诗选里另一个重点诗人是奥登(1907—1973)。他出身于牛津大学,毕业前就有诗名,对同代人很有影响,受到尊崇。他二十多岁时,艾略特就把他的诗发表在自己主编的有声望的杂志《准则》(The Criterion)上。一九三〇年奥登二十三岁时出了第一本诗集,奠定了自己的诗人地位。但也有人瞧不上他。当时剑桥大学的教授、著名文学批评家里弗斯(F. R. Leavis)说他虽轰动一时,但不过是个大学里的才子,靠朋友们互相标榜起家的。现在看来,奥登是个多产作家,他写诗,写散文,写剧本,为广播电台选稿,确是有些不高明的作品,但经过时间考验,他的绝大多数作品是站得住的,他无疑是现代英国重要诗人之一。

奥登曾对马克思主义发生兴趣,但同时对弗洛伊德(Sigmund Freud, 1856—1939)和荣格(Carl Gustav Jung, 1875—1961)的心理分析学说也有兴趣。他曾参加西班牙反法西斯内战,抗日战争时曾和英国小说家伊修伍德(Christopher Isherwood, 1904—    )一起作为记者到过中国。这本选集里选的《西班牙》和《在战争时期》十四行诗组就是反映他这一方面的经历的。对他这方面思想的反映,西方学者往往喜欢从抽象的哲学、心理学方面来谈,以减低它们的政治社会意义;但仔细来读一下上述作品,我们固然不能说奥登就是马克思主义者,但从诗上看来,他的正义感和同情心却显然可见。这些作品在内容上是可取的。三十年代后期起,奥登的思想倾向宗教,倾向存在主义的先驱丹麦哲学家凯克格德(Sören Aabye Kierkegaard,1813—1855)的思想。良铮选的奥登表现这类思想的诗很少。

奥登也被称为难懂的诗人。当然艾略特对他有影响。但他有自己的特色。他喜用自由联想的方法,文字又力求简练,常常尽量地不用连接词,还有许多自己的象征手法,读者弄清他的真意是要费一点力的。如在《探索》十四行诗组里,这类象征就很多。在译文里,因为汉语的特点,在有些地方加上了一两个连接词。但就是这样,也并不能使这些诗一读就能了然。但通过努力,能掌握它们到一定程度,趣味可就更浓厚一点了。奥登是一位运用语言的大师,他用简练的口语创作,赋予它以特别的效果,常能化平易为神奇,不像在那里有意"做诗"而诗味盎然。良铮的译笔在这方面也颇见工力。随手举个例,《不知名的公民》一诗就很能显出原诗的妙处和译笔的高超。当然奥登的生花之笔并不是单色的,他也有庄重的笔调,《悼念叶芝》就是一个突出例子。

奥登还长于运用传统的诗律来进行创作,包括古英文诗和北欧传统的英雄传说诗的格律。如《请求》一诗就是运用十八世纪风行的英雄对偶体(Heroic couplet)写的,非常成功,译文中也很看得出来。

奥登选用形象有鲜明特色,取诸自然界的少而取诸城市生活的多,如《在战争时期》第二十一首中说:

"丧失"是他们的影子和妻子,"焦虑"
像一个大饭店接待他们,……

又如同一诗组的《诗解释》中说:

御敌的意志滋长得像兴起的城市,

又说:

……和那些头脑空旷得
像八月的学校的,……

有的时候他把抽象的概念化成具体的形象。如《在战争时期》第十八首写国民党的士兵:

他被使用在远离文化中心的地方,
又被他的将军和他的虱子所遗弃,

……

他不知善,不择善,却教育了我们,

并且像逗点一样加添上意义;

奥登的意象有时也取诸自然界,但意味又如何呢?请看同上诗组的第十四首:

大空像高烧的前额在悸动,痛苦

是真实的;……

同诗的《诗解释》中又说:

因为社会的正义能决定个人自由,

有如晴朗的天能诱人研究天文,

或沿海的半岛能劝人去当水手。

以上所举无非为读者提个醒儿。评论不能代替读著作本身,而所评是否得当,也只能等读者读了原著后来评论了。

除艾略特和奥登之外,这本选集里还包括了其他几位诗人的著作。我国读者对他们可能不太熟悉,在这里也简略介绍一下。

斯蒂芬·斯彭德(1909—  )是英国诗人兼批评家。他曾在牛津大学读书,在西班牙反法西斯战争时期参加共和军方面做宣传工作。二次大战时期在空军中服役。战后曾在美国若干大学讲学,一九七〇年受聘为伦敦大学英文教授。

斯彭德在牛津大学时和奥登、麦克尼斯、C. D. 刘易斯等同为左翼青年诗人。后来有所改变,但一直表现出对进步事业的同情。一九三〇年他还在牛津读书时,就出了一本诗集《诗二十首》,已显出他热情的风格。一九三三年出了另一本诗集,表现他诗才已很成熟。当时批评家虽不喜欢他的共产主义思想倾向,但却不能不认为他是一位不可忽视的诗人。他的作品除诗以外还有诗剧、政治及文学论文和一本自传。他的诗受德国诗影响较深,特别是里尔克。他喜欢取材于现代城市生活,其中有名的一首就是本集所选的《特别快车》。他使用语言和奥登一样清新有力。

C. D. 路易斯(1904—1972)生在爱尔兰,曾在牛津大学读书,和以奥登为首包括麦克尼斯和斯彭德在内的左翼诗人在一起,被戏称做"戴奥麦斯"派。大学毕业后他在中学教书,三十年代还参加过共产党。他早年的诗表现出对革命的希望和热情,后来转向抒写个人感情和田园境界。他曾任牛津大学诗学教授(1951—1956),一九六八年并被任为桂冠诗人。他出过两本诗集,译过罗马诗人维吉尔的史诗《埃涅阿斯纪》,写过一本自传,还用笔名出版过侦探小说。他的诗章法、句法、字法都熟练,并能把复杂思想精炼为抒情诗篇,常留有余不尽之意。

路易斯·麦克尼斯(1907—1963)生于爱尔兰。他毕业于牛津大学,专攻希腊拉丁文学,教过希腊文,并为英国广播公司写稿。一九三六年同他的朋友诗人奥登去冰岛旅行,合写了一本诗集《冰岛诗简》。麦克尼斯和他同代的诗人生在叶芝和艾略特这些诗坛大家之后,都有一个如何避免蹈袭前人、自辟途径的问题。他于是提出了一个"非纯诗"的理论,以区别自己和奥登、C.D.刘易斯、斯彭德等前一代的诗人。他说:叶芝试图超脱爱憎,艾略特安坐旁观他人的七情哀乐,带着厌倦和嘲讽的自怜,而他自己所偏好的却非只有内行才能欣赏的诗。他认为诗人应当"身体壮健,喜好谈天,关心时事,能同情,能狂笑,懂得经济,乐与妇女来往,善与人交,对政治积极,感觉灵敏。"但他又不像奥登、斯彭德那样参加实际政治活动,曾说过他同情左翼,但感情上却又舍不得消灭阶级。他的作品就是这种矛盾状况的产物。他的诗的题材是当前社会,用的是当代语言,内容包含对英国社会制度的批判。后期诗中则表现出对生活的一种幻灭感。

他除写诗之外,还写诗剧、文评。著名的有《现代诗》(1938)和《叶芝诗论》(1941)。他又进行文学翻译,有希腊悲剧《阿伽门农》和歌德的《浮士德》的译本。

叶芝(1865—1939)出身于爱尔兰一个新教家庭,父亲是位肖像画家,他本人也学过画。一八八五年起他开始以英文发表诗作。一八八七年,他在伦敦认识了唯美主义者王尔德和诗人莫里斯等,并编辑英国诗人布莱克的诗集,很受他的诗的影响。一八九四年去巴黎,接触到当时法国诗派,包括象征主义的诗。唯美主义和象征主义对叶芝早年的诗很有影响。他青年时参加过爱尔兰独立运动,后来放弃政治活动,专心致志于文学,认为这是唤起爱尔兰民族意识,争取爱尔兰民族独立的途径。他曾和戏剧家格雷戈里夫人于一九○四年在都柏林一同创立了"亚培剧院",由他任经理,并为剧院写了许多剧本。

一九二二至一九二八年,叶芝曾任爱尔兰自由邦参议员。一九二三年他获得诺贝尔文学奖金。

本编所选的《一九一六年复活节》一诗,是因一九一六年四月二十四日复活节爱尔兰共和兄弟会在都柏林起义而写。起义者反对英国统治,宣布成立共和国,但因时机不成熟,于约一周后被镇压下去,领导人都被处决或判刑,其中很多是叶芝的友人,所以他写这首诗纪念他们。另一首《驶向拜占庭》作于一九二六年,当时叶芝已六十开外,是他晚年风格的代表作。拜占庭即现在的伊斯坦布尔,也是历史上东罗马帝国或叫做拜占庭帝国的首都和东正教的中心。对叶芝来说,它是一个内容丰富的意象,象征永恒,是一个脱去了人间生死哀乐的乐园。关于这两首诗,我已在别处详细讲过①,这里就不重复说了。

周珏良

一九八一年十月于北京西郊

---

① 见北京外语教学与研究出版社出版的《外国文学》一九八二年八月"爱尔兰文学专辑"中作者《读叶芝的几首诗》一文。

# T. S. 艾略特(1888—1965)

## 阿尔弗瑞德·普鲁弗洛克的情歌

> 假如我认为,我是回答
> 一个能转回阳世间的人,
> 那么这火焰就不会再摇闪。
> 但既然,如我听到的,果真,
> 没有人能活着离开这深渊,
> 我回答你就不必害怕流言。①

那么我们走吧,你我两个人,
正当朝天空慢慢铺展着黄昏

---

① 见但丁《神曲·地狱》第二十七章六十一至六十六行。原诗引用的是意大利文。

好似病人麻醉在手术台上；
我们走吧，穿过一些半冷清的街，
那儿休憩的场所正人声喋喋；
有夜夜不宁的下等歇夜旅店
和满地蚝壳的铺锯末的小饭馆；
街连着街，好像一场冗长的争议
带着阴险的意图
要把你引向一个重大的问题……
唉，不要问，"那是什么？"
让我们快点走去做客。

在客厅里女士们来回地走，
谈着画家米开朗琪罗。

黄色的雾在窗玻璃上擦着它的背，
黄色的烟在窗玻璃上擦着它的嘴，
把它的舌头舔进黄昏的角落，
徘徊在阴沟里的污水上，
让跌下烟囱的烟灰落上它的背，
它溜下台阶，忽地纵身跳跃，
看到这是一个温柔的十月的夜，

于是便在房子附近蜷伏起来安睡。

呵,确实地,总会有时间
看黄色的烟沿着街滑行,
在窗玻璃上擦着它的背;
总会有时间,总会有时间
装一副面容去会见你去见的脸;
总会有时间去暗杀和创新,
去一天天从事于手的巨大业绩;
在你的茶盘上拿起或放下一个问题;
有的是时间,无论你,无论我,
还有的是时间犹疑一百遍,
或看到一百种幻景再完全改过,
在吃一片烤面包和饮茶以前。

在客厅里女士们来回地走,
谈着画家米开朗琪罗。

呵,确实地,总还有时间
来疑问,"我可有勇气?""我可有勇气?"
总还有时间来转身走下楼梯,

把一块秃顶暴露给人去注意——
(她们会说:"他的头发变得多么稀!")
我的晨礼服,我的硬领在腭下笔挺,
我的领带雅致而多彩,但为一个简朴的别针所确定——
(她们会说:"可是他的胳膊腿多么细!")
我可有勇气
搅乱这个宇宙?
在一分钟里总还有时间
决定和变卦,过一分钟再变回头。

因为我已经熟悉了她们,熟悉了一切——
熟悉了那些黄昏,和上下午的情景,
我是用咖啡匙子量出了我的生命;
我知道每当隔壁响起了音乐
话声就逐渐低微而至停歇。
　　所以我怎么敢提出?

而且我已熟悉那些眼睛,熟悉了一切——
那些用一句公式化的成语把你盯住的眼睛,
当我被公式化了,在钉针下趴伏,
当我被钉着在墙壁上挣扎,

那我怎么开始吐出
我的生活和习惯的全部剩烟头?
　　我又怎么敢提出?

而且我已经熟悉那些胳膊,熟悉了一切——
那些胳膊戴着镯子,又袒露又白净
(可是在灯光下,显得淡褐色毛茸茸!)
是否由于衣裙的香气
使得我这样话离本题?
那胳膊或围着肩巾,或横在案头。
　　那时候我该提出吗?
　　可是我怎么开口?

是否我说,我在黄昏时走过窄小的街,
看到孤独的男子只穿着衬衫
倚在窗口,烟斗里冒着袅袅的烟?……

那我就该会成为一对蟹钳
急急掠过沉默的海底。
啊,那下午,那黄昏,睡得多平静!
被纤长的手指轻轻抚爱,

睡了……倦慵的……或者它装病,
躺在地板上,就在你我脚边伸开。
是否我,在用过茶、糕点和冰食以后,
有魄力把这一刻推到紧要的关头?
然而,尽管我曾哭泣和斋戒,哭泣和祈祷,
尽管我看见我的头(有一点秃了)用盘子端过来,
我不是先知——这也不值得大惊小怪;
我曾看到我伟大的时刻一闪,
我曾看到那永恒的"侍者"拿着我的外衣暗笑,
一句话,我有点害怕。

而且,归根到底,那是否值得,
当甜酒、橘子酱和茶已用过,
在杯盘中间,当人们谈着你和我,
是不是值得以一个微笑
把这件事情硬啃下一口,
把整个宇宙压缩成一个球,
使它滚向一个重大的问题,
说道:"我是拉撒路,从死人那里
来报一个信,我要告诉你们一切"——
万一她把枕垫放在头下一倚,

说道:"唉,我的意思不是要谈这些;
不,我不是要谈这些。"

那么,归根到底,是不是值得,
是否值得在那许多次夕阳以后,
在庭院的散步和水淋过街道以后,
在读小说以后,在饮茶以后,在长裙拖过地板以后,——
说这些,和许多许多事情?——
要说出我想说的话绝不可能!
仿佛有神灯把神经的图样投到幕上:
是否还值得,
假如她放一个枕垫或掷下披肩,
把脸转向窗户,甩出一句:
"那可不是我的本意,
那可绝不是我的本意。"

不!我并非哈姆雷特王子,当也当不成;
我只是个侍从爵士,能逢场作戏,
能为一两个景开场,或为王子出主意,
就够好的了;无非是顺手的工具,
服服帖帖,巴不得有点用途,

细致,周详,处处小心翼翼,
满口高谈阔论,但有点愚鲁;
有时候,老实说,显得近乎可笑,
有时候,几乎是个丑角。

呵,我变老了……我变老了……
我将要把我的裤脚边卷起①。

我将把头发往后分吗②?我可敢吃桃子?
我将穿上白法兰绒裤子在海滩上走过。
我听见了女水妖彼此对唱着歌。

我不认为她们会为我唱歌。

我看过她们凌驾波浪驰向大海,
梳着打回来的波浪的白发,
当狂风把海水吹得又黑又白。

---

① 这是当时最时髦的式样。
② 据艾略特的哈佛大学同学艾肯(Conrad Aiken)在他的一本自传作品中说,这种发式是当时巴黎文人中最时髦的。

我们是停留于大海的宫室，
　被海妖以红的和棕的海草装饰，
　　一旦被人声唤醒，我们就淹死。

（1917）

## 题　注

本注释摘译自美国批评家克里恒斯·布鲁克斯和罗伯特·华伦合著的《了解诗歌》(1950)。

这篇诗是一个戏剧独白，一个人说出一段话来暗示他的经历并显示了他的性格。……普鲁弗洛克是一个中年人，有些过于敏感和怯懦，又企望又迁延。一方面害怕生命白白溜走，可又对事实无可奈何。他本是他的客厅世界的地道产物，可又对那个世界感到模糊地不满。不过，我们只有细细观察，才能掌握本诗许多细节的全部意义并理解全诗的含意。现在就让我们按照顺序对各个细节观察一下。

本诗里的"你"是谁？他就是许多其他诗中所出现的那个"你"，即普通读者。但本诗中的"你"还特殊一点，它是普鲁弗洛克愿意向其展示内心秘密的人。关于这个问题，我们在本义最后还要论到。

时间正是黄昏，"你"被邀请一起去访问，而这个黄昏世界在本诗往下叙述时变得越来越重要了。这个世界既非黑夜，又非白昼。昏黄的色彩渲染了本诗的气氛。这是一个"好似病人麻醉在手术台上"的黄昏。由于这个形象,这昏黄世界也成了另一意义的昏黄世界,就是生与死之间的境界。这里也意味着病恹的世界,手术室的氛围。我们可以说,在某一意义上,普鲁弗洛克是在动外科手术,或至少进行疾病检查(这病人既是他的世界,也是他自己)。他在寻求一个问题的答案,——这是"一个重大的问题",对这问题"你"不能问,只能从这次访问中,在看到普鲁弗洛克的世界后才能理解。

要达到普鲁弗洛克的特殊世界,"你"必须走过一段由窄小的街道组成的贫民窟。它为普鲁弗洛克的世界提供一个背景,一种对照,这对照在本诗后面部分尤其重要,但目前是为了指出那突如其来的女士们的谈话是多么琐碎。这并非说她们谈的主题琐碎;恰恰相反,那主题——米开朗琪罗是和女士们的琐碎形成对照的,因为他是有强烈性格的人和辉煌的艺术家,而且还是文艺复兴伟大创造时期的典型人物,他和普鲁弗洛克世界的女士们很不相称。

在本诗第十五至二十行,我们进一步接触到这个昏黄世界。这里有一点发展:烟和雾的降落有意加重那客厅与外界的隔绝。而且,借黄色的雾描出的睡猫的形象,影射普鲁弗洛克世界的懒洋洋和漫无目的的特点。

在下一段(第二十三至二十四行)里,有两个主题呈现诗中:即时间主题和"表象及真实"主题。前一主题表现在:总还有时间来决定解决某一未名的"重大的问题"——来构制幻景和修改幻景。这里"幻景"(Vision)一词是重要的,因为它意味着某种基本的洞察力,真理的一闪或美的一瞥。只有神秘学家、圣徒、占卜人和诗人才看得到"幻景"。可是这一个词又和"更改"(revision)并用,含有再思索和故意改变的意思,等等。本段的第二主题表现在:普鲁弗洛克要准备一副假相来应付世界。他不能直接面对世界,而必需伪装起来。

这种必需是怎么引起来的,现在还看不出,但在下一节(第三十七至四十八行)里我们看到:伪装是由于害怕嘲笑,怕世人的敌视的眼睛贪婪地瞄着每一缺陷。在这里,时间主题的侧重点也改变了。在前一节,是总会有时间来容许推迟重要的决定,可是现在,在那个思想里还渗入另一个思想,即时光迫人,暮年逼近。带着时光逼人的意识和恐惧,普鲁弗洛克敢不敢以一个重大的问题搅乱那个宇宙呢?

以下三节(第四十九至六十九行)进一步解释何以普鲁弗洛克不能搅乱宇宙。第一,他自己就属于那个世界,因此,他批评它就是甘冒大不韪。作为那个世界的完美的产物,又被它的庸碌无能的自卑感所熏染,他凭什么能提出对它的批判呢?其次,他害怕这个世界,那些敌视的眼睛在瞄着他。这种恐惧使他不敢改变他的"生活和习惯"。

这二节中的最后一节(第六十二至六十九行)好像和前两节有同样的格局:我已经熟悉了这个世界,等等,所以我怎么敢提出?可是它有新的内容,即胳膊和香气,这不能被认为仅仅是普鲁弗洛克世界的细节。归根到底,这首诗名为"情歌",迄今却还不见爱情的故事。现在,不是一个女人,而许多女人意味深长地呈现了。普鲁弗洛克被赤裸的胳膊和衣裙的阵阵香气所吸引,可就是在这陈述浪漫感情的几行中,我们看到一种更现实的观察在括号里的一行中被提出来:"可是在灯光下,显得淡褐色毛茸茸!"是否这仅仅是附带而过,还是指出了普鲁弗洛克的某方面?对"真正"的胳膊的观察和"浪漫"想象中的胳膊形成对照,这一事实即减弱了吸引力:针对着诱惑还暗示有一种厌恶,有一种对现实和肉体的弃绝。在这种情况下,普鲁弗洛克怎能"开口"呢?

以下五行(第七十至七十四行)是一种插叙,发展着"爱情"主题。普鲁弗洛克想起了(一如在本诗开头)他走过陋巷和贫民窟,看见那里孤独的男子们,被社会所遗弃的人们。何以这里插入这一回忆呢?为什么它在此刻浮上普鲁弗洛克的心中并写在诗里?普鲁弗洛克也是一个孤独的人,一个被社会遗弃的人,他突然感到自己和那些孤独者是一样的。但同时,他的处境却和他们不同。他们是因贫困、厄运、疾病或老年而孤独,而他的孤独是由于他畏缩和弃绝生活。

这种解释从一对蟹钳那两行得到印证。蟹钳是一种贪欲的象征,它和普鲁弗洛克的过于文雅和敏感得神经质的生存形成两个极端。可是绝望中的普鲁弗洛克宁愿过那种蟹钳的生活,不管它如何低级和原始,只因为那是生活,而且是有目的的生活。贫民窟的景象和原始的海底都不同于普鲁弗洛克的世界;我们可以感到从第七十行起,有了一种呆板的、散文的节奏,和本诗其他部分的流畅而松弛的节奏迥乎不同。

从第七十五行起,我们重又回到客厅来,回到普鲁弗洛克没有魄力促使"紧要关头"出现的那个被麻醉的、平静的昏黄世界来。主宰这一节的主题是时间主题,一种体力衰退和死亡临近的感觉,不是时间太多,而是时不我待的感觉。现在,在岁月蹉跎的感觉下,普鲁弗洛克的痛苦仿佛无所谓了;它没有任何成果。他承认他不是先知,也不是像施洗礼者的约翰①那样能宣告新的天道。在提及施洗礼者约翰的地方,我们还看到也有爱情故事的提示,因为那个先知所以致死,是由于他拒绝了沙乐美的爱情;普鲁弗洛克也拒绝了爱情,但并非由于他是虔信和热情传道的先知。他只不过是他的世界的产物,而在他那个世界里,甚至"死亡"也是一个侍役,在拿着他的外衣并偷偷笑这个有些滑稽的客人。连普鲁弗洛克的死也失去庄严和意义。

从第八十七到一百一十行中,普鲁弗洛克自问,即使他逼临那紧要关头,这一切是否值得呢?这里牵涉到爱情故事,牵涉到和一个女人的某种默契。"把整个宇宙压缩成一个球"这句话暗用英国诗人马威尔(Andrew Marvell,1621—1678)的一首情歌:《给他忸怩的女郎》。马威尔的情人要把甜情蜜意压缩

---

① 施洗礼者约翰是耶稣的前驱,据说他奉派"为天主铺平道路"。《新约·马太福音》记载:希律王因为约翰阻止他娶自己的弟妇希罗底而将约翰囚禁,但因百姓以约翰为先知,不敢杀他。以后希罗底的女儿沙乐美得到希律的欢心,因得不到约翰的爱情,要求希律把约翰杀掉,把他的头放在盘子上给她。希律果然照办了。

进至高无上的一刻,可是普鲁弗洛克呢,却要把整个宇宙压成一个球,滚向一个"重大的问题"。换句话说,对普鲁弗洛克来说,那不仅是涉及个人关系的问题,而且涉及世界及生活的意义。当然这两者不无关系,如果生活没有意义,个人关系也不可能有意义。

假如普鲁弗洛克能使那严重的一刻发生,他感到他就会像拉撒路一样从死的境域转回来。让我们考查一下这个典故包含什么意思。在《圣经》里有两个叫这名字的人。一个是躺在财主门口的乞丐(《路加福音》第十六章),另一个是马利亚和马太的兄弟,他死后耶稣使之复生(《约翰福音》第十一章)。当前一个拉撒路死去时,他被天使带去放在亚伯拉罕的怀里,而财主则进了地狱。财主看见拉撒路在享福,就请求打发拉撒路来给他送点水,亚伯拉罕不肯这样做。财主又请求至少打发拉撒路去告诫他的五个兄弟多行好事,以免下地狱之苦。亚伯拉罕回答说,他们有先知的话可以听从。

> 他〔财主〕说:我祖亚伯拉罕呵,不是的;若是有一个从死里复活的,到他们那里去,他们必要悔改。
> 
> 亚伯拉罕说:若不听从摩西和先知的话,就是有一个从死里复活的,他们也是不听劝。

由此看来,两段有关拉撒路的故事,都包含着死后还阳,我们可以说这典故即暗示这两段的这一共同内容。对普鲁弗洛克来说,死后还阳是指他从无意义的生存中觉醒过来,和耶稣叫拉撒路复活相似。"告诉一切"就是说出死后的情况,说出其可怕的情景。乞丐拉撒路的故事似较另一拉撒路的故事在这一用典中所占的比重大些。普鲁弗洛克的告诫正像乞丐拉撒路之于财主们一样,不会被客厅的女士所重视;即使他提出那"重大的问题",她也不会明白他谈的是什么。

在意识到这情形的同时,普鲁弗洛克还感于他自己的能力不足。他不是哈姆雷特王子(第一百一十一至一百二十行)。哈姆雷特陷于犹疑和绝望中。他向奥菲丽亚提出一个"重大的问题",可是她不了解他的意思。哈姆雷特犹豫不决,但类比到此为止。哈姆雷特庄严而热情地和他的疑难作斗争。他没有屈服于神经质的逃避和怯懦。他面对的世界是邪恶而粗暴的,但不是昏黄而慵懒的。《哈姆雷特》悲剧和米开朗琪罗的作品一样是属于历史上一个伟大的创造时代,只要一提到他们,就会唤起那个与普鲁弗洛克世界完全不同的世界。富于忧郁的自嘲感的普鲁弗洛克看出这一切,他知道如果说那悲剧中有任何角色像他的话,那便是那饶舌而浅陋的老波隆尼阿斯,那阿谀的罗森克兰兹,或是那愚蠢的花花公子奥斯里克。也许,他可以算是那出现在许多伊丽莎白悲剧中的小丑——虽说哈姆雷特悲剧中没有小丑。

因此从第一百二十行起,我们看到普鲁弗洛克安于他所扮演的角色,默认他将不再提出那重大的问题,默认他已经老得不必迟疑了。随着这一时间主题的提出,我们看到他已是一个走在海滩上黯然观望女郎们的老人,而那些女郎对他已不屑于一顾了。这一场景突然又转化成美和力的幻景,与普鲁弗洛克所居的世界迥然不同。女郎们仿佛成了女水妖,自如地驶着波浪朝海外她们自然的创造力奔去。(我们应注意,这也指那蟹钳掠过的海:粗野的力和美的幻景本都是生命之源的大海的一个侧面。)

最后关于女水妖的一节(第一百二十九至一百三十一行)使我们看到:普鲁弗洛克原来的处境被奇怪地颠倒了:他不是"停留"在女士们谈论着米开朗琪罗的客厅里,而是在"大海的宫室",被"女水妖"所包围着。当然这类经验不过是做梦:它要"被人声唤醒"的。醒了就意味着回到人世来,亦即被窒息而死:"……我们就淹死。"

这结尾的形象精彩地概述了普鲁弗洛克的性格和处境:他只能在梦中陶醉于赐予生命的大海;而即使在那梦里,他也只是看到他那消极和被动的自我:他并没有"凌驾波浪驰向大海";他停留在"宫室"里,被"海妖"装饰以海草。不过,尽管他不能在海里生活,或不能在浪漫的海底梦里生活,但他的干瘪的"人世"却窒息他。他成了一条离水之鱼。

是否这首诗只是一个性格素描,一个神经质"患者"的自嘲的暴露?或者它还有更多的含意?如果有更多的含意,我们到哪里去找呢?首先,我们在最后三行里看到突然使用"我们"。普鲁弗洛克把情况普遍化了;不仅他自己,而且其他人也都处于同一困境中。其次,普鲁弗洛克的世界被着重指出是一个无意义的、半明半暗的世界,是一个被麻醉的梦界,它被置于另一世界即被击败的贫民窟世界之中。此外还有一处表示本诗有普遍的含义。艾略特在本诗开首从但丁的《神曲》引来的一段题辞,原是被贬到地狱的吉多·达·蒙特费尔特罗的一段讲话。他站在劫火中说:"假如我认为我是回答一个能转回阳世间的人,那么这火焰就不会再摇闪。(注:在蒙骗和欺诈者的那一层地狱里,每个阴魂都被包在一个大火焰中,在阴魂说话时,他的声音就自火苗顶尖发出来,因此那火苗就像舌头一样颤动和摇闪。)但既然,如我听到的,果真没有人能活着离开这深渊,我回答你就不必害怕流言。"吉多以为听他讲话的但丁也是被打入地狱的阴魂,因此,既然但丁不能回到阳世去传他的话,他就不必担心什么而讲起自己的过去和无耻的勾当。所以,这段题辞等于是说:普鲁弗洛克像被贬入地狱的吉多从火焰里说话一样;他所以对诗中的"你"(读者)讲话,是因为他认为读者也是被贬入地狱的,也属于和他一样的世界,也患着同样的病。这个病就是失去信念,失去对生活意义的信心,失去对任何事情的创造力,意志薄弱和神经质的自我思考。由此看来,归根结底这篇诗不是讲可怜的普鲁弗洛克的,他不过是普遍存在的一种病态的象征……

# 一位女士的肖像

你已犯下了——
通奸罪;但那是在异邦,
而且那女人已死了。

　　　　　《马尔他的犹太人》①

一

在十二月的一个下午,弥漫着烟和雾,
你看到这幕戏似乎自动排演起来,
开场是"我特为你腾出了这个下午";
在遮暗的屋子里点着四支蜡烛,

---

① 英国戏剧家克里斯多弗·马洛(Christopher Marlowe,1564—1593)的作品。

有四个光圈在天花板上摇摆,
一种朱丽叶之墓的氛围
为一切要说的和不说的话做了准备。
比如说,我们去听了新近的波兰钢琴家
奏出的序曲,通过他的指头和头发。
"真细腻呵,这个肖邦,我想他的心
只应在朋友中间,比如两三知音,
得以复活,他们不会去碰一朵花,
而它在音乐厅里被质疑和摩擦。"
——谈话就这样滑向
淡淡的心愿和小心接触的惋惜,
通过提琴的逐渐微弱的音响,
混合以遥远的小喇叭的吹奏
而开了头。
"你不知道他们对我多么重要,这些朋友;
呵,那是多么珍贵,多么新奇,要是一个人
一生经历了这么多、这么多的人事变迁,
(我确实不爱它……你知道吗?你可没瞎眼!
你是多么精明!)
要是发现一个友人具有这些特点,
他不但有,而且传给知音,

呵,就是这品行使友谊万古长青。
我告诉你这点绝不是泛泛而谈,
要是没有友谊——生活呵,岂不是噩梦!"

正当小提琴的回音缭绕,
在嘶哑的小喇叭
短促的独奏下,
沉闷的鼓点在我的头里咚咚地敲,
可笑地敲出它自己的序曲;
那是一种荒唐的单调一律,
至少是一处肯定的"走调"。
——让我们出去散步,在香烟中陶醉,
欣赏着纪念碑,
谈论最近的社会花絮,
等公用钟一响,拨准我们的表。
然后再坐半小时,喝黑啤酒闲聊。

二

现在丁香花开得正冲,
她有一瓶丁香摆在屋中,

她用指头摆弄一枝花,一面谈话。
"呵,我的朋友,你不懂,你不懂
生命是什么,尽管它握在你手中;"
(她慢慢地摆弄着丁香花枝)
"你让它白白溜掉,白白溜掉,
青春是残酷的,它毫不怜惜,
对它看不清的情况只会微笑。"
自然,我微笑了,
而且继续喝着茶。
"看着这四月的夕阳,我不由得记起
我埋葬了的生命,和春天的巴黎。
但是我感到无限恬静,我发现这世界无论怎么说,
是年轻而且奇异。"

这话音听上来像在八月的下午
一只破提琴的声调合不上拍:
"我一直相信你能够懂得
我的感情,一直相信你能感觉,
一直相信你会越过深渊伸出手来。

你受不到伤害,你没有阿其里斯的脚踵①。
你将一帆风顺,而等你克敌之后,
你会回顾说,许多人在这里栽过跟斗。
可是我有什么,我有什么能给你呢?
你从我能得到什么,我的朋友?
只不过是友谊和心灵的互通,
而你的朋友已快达到她生命的终极。

我将坐在这里,给朋友们斟茶……"
我拿起帽子:我怎能对她所说的
做出怯懦的报答?
哪天早晨你都往公园里看见我
读着报上的连环图画和运动栏。
我特别注意
一位英国伯爵夫人当了演员。
一位希腊人在波兰人的舞会上被谋害,
又一个银行拐款的人做了交待。
我不露声色
仍旧安然舒泰,

---

① 典出自希腊神话,意为易受伤害的弱点。

除非是遇到街上卖唱的琴师
疲倦地、乏味地重复一支陈旧的歌,
伴着风信子的芬芳流过花园,
勾引起其他人所追求的一些事。
呵,这种种想法是对还是错?

# 三

十月的夜降临了,我也依旧
(只除了带一点局促不安的感觉)
走上了楼梯,转动一下门轴,
我感到仿佛我是匍匐着爬上楼。
"这么说,你要去国外了;几时回来?
但这是个毫无意义的问题。
你也不清楚你几时才能回归,
你将会发现有许多值得学习。"
我的微笑沉重地落进了古玩堆。

"也许你能够写信给我。"
我的自信心闪出一个烛花;
这正是我所估计到的话。

"近时我时常感到奇怪
（可是我们的开头怎知道结局！）
为什么我们没有发展为友谊。"
我感到像有人微笑后，转过身来
突然看到镜中他自己的表情。
我的自制如烛泪流尽；我们实在是在暗室中。

"因为人人都这么说，我的友人
都确信我们的感情会增进
到密切的程度！我对此很难说。
我们如今只能听命运去决定。
无论如何，你总会写信给我。
也许还不算太晚吧。
我将坐在这里，给朋友们斟茶。"

而我必须借助于每一种变形
来表现自己……跳呵，跳呵，
像一只舞蹈的熊，
像鹦鹉般呼喊，像猴子般啼叫。
让我们出去散步，陶醉于香烟中——

呀！想想她假如在一个下午死去，
在灰色多烟的下午，黄昏橙黄而瑰丽；
假如她死了，而我独坐，手把笔拿，
看着煤烟从屋顶爬下；
迟疑着，至少一刹那
不知该怎么想，或我是否理解她，
也不知我是智是愚，迂缓或过急……

归根到底，难道她没有身受其益？
这一曲以曲终的低沉而成功，
呵，既然我们是在谈着死——
我可有权微笑，无动于衷？

# 序　曲

## 一

冬天的黄昏沉落下来，
带着甬道中煎牛排的气味。
六点钟。
呵,冒烟的日子剩下的烟尾。
而现在,凄风夹着阵雨,
裹着泥污的
枯叶一片片吹送到你脚边,
并把空地上的报纸席卷。
雨点拍打着
破损的百叶窗和烟囱管,
而在街道的拐角,孤单地

一辆驾车的马在喷沫和踢蹄,
接着是盏盏灯光亮起。

二

清晨醒来而意识到了
轻微的啤酒酸腐味
发自那被踏过有锯木屑的街道,
因为正有许多泥污的脚
涌向清早开张的咖啡摊。
随着其他一些伪装的戏
被时光重又演出,
你不禁想到那许多只手
它们正把脏黑的帘幕拉起
在成千带家具的出租屋。

三

你从床头拉下一床毯子,
你仰面朝天躺着,并且等待;
你打个盹,看到黑夜展开

那构成了你的灵魂的
成千个肮脏的意象,
它们对着天花板闪光。
而当整个世界转回来,
从百叶窗隙又爬进了光亮,
你听见麻雀在阴沟聒噪,
坐在床沿上,你取下了
你那卷头发的纸条,
或者以脏污的双手握着
你那脚板磨得发黄的脚,
这时你对大街有一种幻觉,
那大街对此不会知道。

四

他的灵魂被紧张地扯过
那一排楼房后隐没的天空,
或者被固执的脚步践踏着,
在四点、五点和六点钟;
还有装烟斗的短粗的指头,
还有晚报和那些眼睛

对某些坚信的事物如此肯定，
一条染黑的街道的良心
急不可待地要接管世界。

我深深有感于那些幻想
缠绕着这些意象，而且抱紧；
我还想到某种无限温柔
和无限痛苦着的生命。

用手抹一抹嘴巴而大笑吧；
众多世界旋转着好似老妇人
在空旷的荒地捡拾煤渣。

（1917）

## 题 注

本诗共有四节。前两节描写都市的冬日黄昏和冬日早晨。在第二节，"锯木屑"原指下等酒馆地上铺的锯木屑，但在此有双重意义，兼指下等酒馆的经常主顾——工人、小市民，他们是生活折磨下的锯木屑。在诗人看来，都市早晨的来临，只意味着重又搬演一些伪装的戏，有许多手正在带家具的出租屋中拉起脏黑的帘幕,这既是一般人家每早发生的现象,也具有象征意义,就是象征伪装的戏又要上演了。带有家具的出租房屋是小市民住的;但也可指人生的化装跳舞(或伪装的戏)是在一切为它装备完善的场地进行的。本诗第三节写"拉起脏黑的帘幕"者之一,一个职业妇女。她从自己苦痛的生活中,看到清晨的街道而有感,她感到普遍的孤独和灰心,但忙碌的街道怎会理解她的这种情绪?本诗第四节第一段写一个敏感的人为他所见的周围生活而苦恼,他的灵魂被"固执的脚步"、"短粗的指头"、"晚报"和"某些坚信的事物"所折磨,因为他看到这种商业社会的生活是在一个无意义的轨道上机械地进行着。诗人讥讽地把它对这种生活的"肯定"称为街道仅有的"良心",而街道要把它的准则强加于整个世界。第二段写出诗人自己对上述现象的感想。在第三段,第一行劝谁"抹一抹嘴巴而大笑吧,"是值得思考的,(是劝诗人自己?劝那个敏感的"他"?或劝"固执的脚步"?)"抹一抹嘴巴"是一种粗鲁的动作,表示已经吃饱了。老妇人在荒地捡煤渣,因为低头只看脚前,多半是绕圈子走的。众多世界可以指每个人的小世界,也可以指宇宙间的许多星体。或者两个意思都有,暗示人不过是在一个机械的宇宙中运动着的小机械。

## 窗前的清晨

她们在地下室的厨房里叮当洗着
早餐的盘子,而沿着踏破的人行道边
我看到了女仆的阴湿的灵魂
从地下室的门口忧郁地抽出幼苗。

从街的底头,棕色的雾的浮波
把形形色色扭曲的脸扬给了我,
并且从一个穿着泥污裙的过路人
扯来一个茫然的微笑,它在半空
飘浮了一会,便沿着屋顶消失了。

# 波斯顿晚报

《波斯顿晚报》的广大读者
在风中摇摆,像一片成熟的谷禾。

当黄昏在街头缓缓地苏生,
唤醒一些人对生命的胃口,
而给另一些人带来《波斯顿晚报》。
我走上台阶,按了电铃,疲倦地
转过身,有如你会疲倦地掉过头
　　向罗须弗考尔德①说声再见,
假如大街是时间,而他在街的尽头,——
我说,"海丽特表姐,给你《波斯顿晚报》。"

---

① 罗须弗考尔德是法国十七世纪宫廷中的宠臣,著有《格言集》,评议他所处的社会,其中充满了幻灭和忧郁感。

# 悲哀的少女

*呵，你是如何记忆着少女……*①

站在阶上平台的最高层——
凭倚着一只花盆——
编吧，把阳光编在你的发中——
把花抱在你的怀里，吃惊而苦痛——
把它扔在地上，转个身，
你的眼里暗闪过一丝怨恨：
然而编吧，把阳光编在你的发中。

就这样，我要让他离开，
就这样，我要让她站在那儿悲哀，

---

① 引自罗马诗人维吉尔（公元前 70—前 19）的史诗《依尼德》。

就这样,他会离开,
好像灵魂摆脱被撕伤的身体,
好像心灵把用过的躯壳遗弃。
我应该寻找
一种无比轻盈而巧妙的方法,
一种我们两人都已了解的方法,
像一个微笑和握手那么简单而欺诈。

她转身走了,但留下秋天的气候
逼压着我的幻想许多天,
呵,许多天和许多时刻:
她的发披齐臂,她臂抱着花朵。
我奇怪他们怎么竟凑到一起!
我应该摆脱一种姿态和造作。
有时候,这种想法仍然惊悸
不宁的午夜和中午的歇息。

## 题 注

  本诗中的"我"要和他的"女友"拆散关系,给她送去一束花,以示诀别,这使少女感到吃惊而苦痛。这种安排使他事后不安的是,仿佛还太使他卷入生活,未能达到"像一个微笑和握手"那么"简单而欺诈"。这里描绘城市人流于机巧和背离感情的倾向,主人公已视感情生活如畏途了。

# 河　马

　　在这信简拿给你们读过后,也拿它到老底辛教会里去宣读吧。

脊背宽大的河马依靠着
他的肚子歇在污泥里;
虽然他看来稳如磐石,
他只不过是血肉之躯。

血和肉是虚弱不坚的,
经不起神经的震荡;
而真教会从来不会衰竭,
因为它建基于岩石上。

河马的踉跄脚步在筹划

物质利益时可能迈不准，
可是真教会无需动一下，
就能聚敛起它的利润。

河马怎样费力也得不到
芒果树上结出的芒果，
但石榴和桃子这类果实
却从海外运来给教会解渴。

在交媾期，河马的嗓门
透露出粗俗不雅的声音，
然而每礼拜我们都听到
教会与上帝合一的欢欣。

河马的白天昏睡着度过，
它到夜间才外出觅食；
上帝的做法是不可思议的——
教会能同时既睡且吃。

我看见河马张开翅膀
从沼气的草原上飞升，

而天使的合唱班围着他
高声歌唱上帝的赞颂。

绵羊的血将他洗净，
拥抱他的将是天庭的手，
他将排列在圣徒中间
把黄金的竖琴弹奏。

他将被洗得如雪之白，
殉道的圣处女都会吻他；
而真教会却留在人间，
仍被裹在瘴气的迷雾下。

（1920）

## 题　注

　　资本主义的商业社会是丑恶而脏污的，连自称信奉上帝的教会也充满了铜臭。本诗把河马这种形状丑恶的动物象征这种社会的代表人物，他虽然在争夺物质利益上本领高强，"真教会"在这方面的本领比他还大。而"真教会"所赐福的也正是那最富的河马。诗人惋惜基督教信仰的丧失，在本诗最后两行及题词上也可以看出。最后两行使用的"真教会",意指真正的信仰。题词涉及《圣经·启示录》中的一段话。那里讲到,"你要写信给老底辛教会的使者说……我知道你的行为,你也不冷也不热,我巴不得你或冷或热……你说,我是富足,已经发了财,一样都不缺,却不知道你是那困苦、可怜、贫穷、瞎眼、赤身的。""老底辛教会"通常指不热忱信仰的教会。

# 枯　叟

> 你既无青春,也无老年,而只在仿佛是
> 晚餐后的瞌睡中梦想这两者。

这就是我,干旱岁月中一个老人,
由一个男孩给我读书听,等候甘霖。
我既不曾在火热的隘口
也没有在炎热的雨中战斗,
更没有没膝在沼泽地带,挥舞着弯刀,
挨着飞虫咬,浴血奋战。
我的住宅是颓朽的房子,
那个犹太人坐在窗台上,他是房东,
在安特卫普的什么酒吧间里滋生,
在布鲁塞尔长过疮,在伦敦修补,脱了皮。
夜间,山羊在地头高处咳嗽;

石头啊,苔藓呵,还有废铁和粪便。
那女人守在厨房里煮茶,
在黄昏,她拨着气恼的阴沟,打着喷嚏。
　　　　而我,一个老人,

一个迟钝的头临着风口。
神迹被当做奇迹。"我们要看个神迹!"
真言中的真言,不能够发一言,
被包在黑暗之襁褓中。在岁月的青春期
基督这只虎来了。

在堕落的五月,山茱萸,栗树,开花的犹大树,
被吃掉,被宰割,被饮下
在窃窃私语中;被西尔维罗先生
用他爱抚的手,在里摩日
他整夜在隔壁走来走去;

被拜倒在提香油画前的高川;
被汤奎斯特夫人,她在暗室里
摆弄蜡烛;被封·古尔普小姐
她在廊中转身,一手扶着门。

跑空的梭子
来回织着风。我没有游魂,
我是一幢透风房子里的老人
在吹风的山丘下。

在这样的了解下,怎能有宽恕?想想吧,
历史有的是狡猾的小道,拼凑的走廊
和结局,她以悄语的野心欺骗我们,
以虚荣引导我们。想想吧,
她在我们不留神的时候施与,
而又千娇百媚地尽情施与,
越给越使人渴求。给得太晚,
给了不被信奉的东西;或者,如果还信奉,
也只在记忆里,一种回味的热情。给得太早,
给到脆弱的手里,被认为不需要,
直到拒绝引起了恐惧。想想吧,
恐惧、勇气都救不了我们。反常的罪恶
都由我们的义勇而滋生。美德
却由我们无耻的恶行强加于我们。
这些眼泪是由结愤怒之果的树摇落下来的。

虎在新的一年中跳出。他吞下我们。最后想想吧,
我们还没有得出结论,而我
却在租赁的房子里僵死。最后想想吧,
我的这场表演不是无所谓的,
也不是由落后的魔鬼
所策谋的。
这一点,我可以开诚布公地告诉你。
我原是靠近你的心,却又远离了它,
在恐惧中失落了美,在追问中感到恐惧。
我丧失了我的热情:又何必保持它
既然那剩余的必然要被掺杂?
我已失去了视力、嗅觉、听力、味觉和触觉,
又怎能用它们来和你更密切地接触?

就是这些,再加上成千的卑微的思虑
延长了它们寒冷呓语的利润,
并且在感官迟钝时,以刺激的佐料
来刺激皮层,使得花样翻新
在万镜丛中。蜘蛛将怎么办,
停止它的经营吗?象鼻虫呢,
可要打住?德·拜拉希、伏瑞斯卡、卡美太太,

都被卷到颤抖的大熊的轨道外
化为纤尘。迎风而飞的鸥,在贝尔岛的
风吼的海峡中,或奔上合恩角,
白羽毛散在雪地,海湾是一切,
而一个老人被贸易风所逐
来到瞌睡的角落。

  呵,赁房的房客们,
旱季里一个枯竭头脑的思绪。

(1920)

## 题　注

  以下的注释,根据吉尔伯特·费尔普斯对本诗的注释(见费尔普斯编《问答》一书,一九六九年剑桥大学出版社出版)由译者加以压缩、选择。

  (1)题名 Gerontion(枯叟)源自希腊文,意为"老人"。它可能由莫里哀喜剧中的角色 Géronte 得到暗示,该角色就是一个蹒跚的老人。也可能要使人联想到约翰·纽曼的诗《吉隆蒂阿的梦》(*The dream of Gerontius*),其中的主人公 Gerontius 和本诗的枯叟一样,也是瞎子,他带着喜悦和信仰等待死亡的一刻;但枯叟的心情与此相反,是枯竭而无望的。Gerontion 的词尾 -ion 指"小型",所以此字意为"小老人",也就是要表明枯叟的一切官能都萎缩了。他的瞎眼也令人想到《旧约》中的撒姆孙,他由一男孩领路,而本诗的枯叟则由一男孩给他读书听。

(2)本诗是一个戏剧性的独白,但完全是枯叟自己对自己的独白,没有意图面向听众,因此无需有层次的进展;它由枯叟脑中的突然转念而联结起来,这种联结是往往没有逻辑性的。

(3)题下引语取自莎士比亚剧《以牙还牙》(*Measure for Measure*)三幕一场,在该场中公爵探视被判死刑的克劳狄奥,劝他"坚决去死",就是说,要看到死亡引向永生,比他现在"既无青春,也无老年"的充满了纷争、怯懦、不安、疾病和争权夺利的生存要好得多。本诗中的枯叟也在等待死亡,但也不能"坚决去死",因为他背弃了上帝,生无意义,死也无意义,他只感到空虚、枯竭和对死的恐惧。

(4)对枯叟来说,这岁月是干旱的(见第一行),因为他自己已枯竭了;因为他这残留的岁月没有更新的希望;因为整个基督教世纪的残年已经失掉与基督教原始真理的接触。枯叟知道那赋予生命的甘霖不会为他而降,"等待甘霖"多少是一种凶兆,因为雨水只能把他的生存冲去。

(5)男孩给枯叟读书听(见第一至六行),他读的可能是惊险故事或历史。"火热的隘口"暗指古希腊历史上有名的色茅霹雳之役,即斯巴达人反击波斯人入侵而"挽救文明"的那次战役。"色茅霹雳"直译就是"火热的隘口",它也可能象征第一次世界大战。本诗尚有其他暗指第一次世界大战的地方。如第三十五行中"拼凑的走廊"使我们想到由四巨头(巴黎和会中协约国的四个首脑)拼凑的"波兰走廊",第六十六行的"在万镜丛中"似指他们开会的地点——凡尔赛的万镜宫。第七行"颓朽的房子"可以解释为战后欧洲的被拼凑的残破景况,这是由战争及"和平的缔造者"们的"卑微的思虑"(第六十三行)所造成的。

（6）值得注意的是,一些游思在老人的头脑中浮荡,只是有如"跑空的梭子来回织着风"(第三十至三十一行)。枯叟回顾过去的一生,没有任何英勇事迹(如男孩所读的那类故事)可以使它得救。"在炎热的雨中战斗"(第四行)显然是在热带,那当然是不舒适的,但至少比枯叟的枯燥的过去、现在和未来要强些。

（七）"我的房子"(第七行)指他的身体;指他现在住的房子;也指战后的欧洲情况和当代文明的衰落,因为它已远离幸福的真正源泉。"坐在窗台上"的那个犹太人是一个无根、无主和世界主义的社会的象征,同时他又承继了一次战后的世界,因为他是"颓朽的房子"的"房东"。他既是二十年代典型的贫民窟的房东,也是国际财团的象征。

（8）那个犹太人也被用来象征放荡的性行为、淫乱以及终于获致的阴虚症。"酒吧间"在第一次大战期间意味着妓院。"滋生"(第九行)指淫乱而生。"在布鲁塞尔长过疮,在伦敦修补,脱了皮"(第十行)说明他得过花柳病,以后只是半痊愈。

从安特卫普(荷兰)到布鲁塞尔(比利时),再到伦敦(英国),表示出一个无国籍的世界主义者的游荡和病菌的传播之广。枯叟过去如此生活过,所以也可能是想自己。本诗后面提过他患有阴虚症。

(9)第九行的"山羊"延续着淫乱行为的概念,因为山羊通常被认为是强烈性欲的象征。但这"山羊"也病着:它在夜间"咳嗽"。这"颓朽的房子"的背景是暗淡、破败、疲竭无生气的(第十二行),象征当代文明的状况。

(10)守在厨房里的女人(第十三行)也没有任何有意义的作用,她只是煮茶,并在颓房的灰尘中打喷嚏。"她拨着气恼的阴沟"显示了艾略特所惯用的一种渲染厄运临头的手法:我们从"拨"一词本身来期望看到拨火或拨炉子,却不料是拨"阴沟",这使我们奇怪,不知阴沟里堆积了什么异常脏的东西。(按:也有注家认为这里"气恼的阴沟"应理解为"劈啪"的"残火",那样就要简单多了。)

(11)关于枯叟,他已枯竭到如此虚弱无用的地步,没有身体或灵魂,只剩下一个"迟钝的头"(第十六行),像危房的破走廊,被风里里外外地吹着。

(12)第十七至二十一行达到本诗的难解之处。艾略特认为,把注以高度感情含意的许多形象糅在一起,就可以获致强烈的效果,尽管也许有不易理解之弊。这几行,如果把其中一些纽结打开,也是易于理解的。

a.《新约·马太福音》第十二章记载:"有几个文士和法利

赛人对耶稣说,夫子,我们愿意你显个神迹给我们看"。以后,不肯信教的人也都要求看到作为奇迹的神迹,然后才皈依上帝。对此,基督教的典型答复是,神圣的真言就是神迹,当上帝之子耶稣尚在马厩的襁褓中,作为婴儿不能发一言时,真言已寄托在他之中。只是在异教的黑夜包围中不能被人认识而已。

b."岁月的青春期"可能指一年之始——春天和大自然的复苏,或指基督诞生之年,或指基督教时代创始期;总之这是生命力蓬勃和人类得到新生的时期。

c. 基督所以被称为"虎",一是因为它负有积极的使命("我不是送来和平,而是带着剑来的"),虎象征这一使命的猛裂残酷的性质。其次,基督体现着推动一切创造的神圣的火焰或精力,而虎也是这种火焰或精力的合适的象征。

d."堕落的五月"可能指耶稣降生在一个异教世界里,这个世界实行多神崇拜,每年五月以狂欢的仪式崇拜丰年之神,因此称之为"堕落的五月"。"山茱萸、栗树、开花的犹大树"取自亨利·亚当斯(1838—1918)的《亨利·亚当斯的教育》一书中。Dogwood(山茱萸)暗示堕落和疾病,因为 dog days(三伏天)是一年最热的时期,易发流行病;而且在栗树开花时,山茱萸即长出生殖器形的长钉。犹大树因出卖耶稣的犹大而得名,这里象征基督教仍将再次被出卖和背叛。"堕落的五月"也可能指耶稣被钉在十字架上的那个五月,即复活节。也可能还有如下的意思,即耶稣的福音在他死后很快地变质了,所以在基督教世纪的青春期(五月)耶稣就已经不断被叛卖。犹大树先开花(紫色—血的颜色)然后抽叶,可以象征基督教的迅速的华而不实的兴盛。又有人假设"堕落的五月"影射文艺复兴,因为它以理性、科学和唯物精神转移了基督教的真途径。最后,"堕落的五月"还可能指我们的五月,即每个人的五月由于他的生活远离真理而变为毫无意义的邪恶的循环。

(13)第二十二至二十九行把我们带到现代的世界主义世界中,在这里基督教仪式如领圣餐已变为虚伪的敷衍了事。在象征的意义上,"基督这只虎"是"被吃掉"、"被宰割"、"被饮下"了(这几个词令人想到食人的野蛮人的拜物教)。"在窃窃私语中"(第二十三行)影射一群不专心作弥撒的人们,一些游客和旁观者在欣赏弥撒仪式的好奇场面,或某种邪恶而堕落的事情。

(14)在枯叟脑中进进出出的一些仿佛梦魇中的人物也是邪恶而堕落的,他们都参与了那"吃掉"基督的礼拜仪式。Silvero(西尔维罗)先生,类似一伪装的贵族,这名字又意指白银,使人联想到犹大以三十银币将耶稣出卖,他也是以"一双爱抚的手"拿着钱和毒酒的。里摩日(法国地名)使人想到里摩日的珐琅工艺品,西尔维罗先生爱抚着这些工艺品,他可能是一个美术商。想到他爱抚美术品的俗恶姿态不禁给人以厌恶的感觉。艾略特善于利用晦涩手法,以传达一种莫名的邪恶和恐怖感。我们忍不住要问:为什么西尔维罗先生"整夜在隔壁走来走去"?他是在盘算一笔暧昧的交易吗?或者在设计引诱女人?也许他是心怀内疚而失眠,因为没有好好做礼拜?与此成为对照的是,耶稣在夜晚曾离开他的门徒独自在花园里痛苦地漫步,他知道他将被出卖了。

(15)高川是日本人名,这是现代世界主义世界中的一个游离的东方人,拜倒在欧洲美术的神坛。提香(Titian)是意大利文艺复兴时期名画家。

(16)Tornguist(汤奎斯特)夫人和 Von Kulp(封·古尔普)小姐,从字面看,前者有"扭曲",后者有"罪恶"的示意;前者似为一信奉天主教的社交界人,但为什么她要"摆弄蜡烛"?(第二十八行)也许因为她富有,设有自己的礼拜堂,也许因为她家里死了人,她在尸架旁点蜡烛;或者,也许她是在扶乩,甚至行巫术;或者与情人有约会。为什么封·古尔普小姐在走廊转身,"一手扶着门"?(第二十九行)也许她在弃绝宗教,也许她是才向情人告别。她转身带着什么表情呢?愤怒?欲望?满足?轻蔑?责备?也许她是来找汤奎斯特夫人来扶乩?——谁也不能肯定,问题是一切令人不安的窃窃私语都将流过我们脑中。

(17)对枯叟来说,这些人都成为毫无感情牵连的回忆。他们是"跑空的梭子"(第三十行)——这一词取自《旧约·约伯记》(第七章),就是说,他们像织布机上的梭子被风毫无意义地吹动,机上没有线,织不出布来(也就是织不成回忆的锦缎,只有枯燥的残片而已)。他的过去是一片荒凉,连"游魂"都没有,就是说,从过去的回忆中没有任何欢乐、痛苦或甚至内疚来触动他,他是一个行将就木的老人,在一所被风撼动门窗的残破的房子里。

（18）枯叟的精神世界既然只不过是"跑空的梭子来回织着风"，因此他总结说，"在这样的了解下,怎能有宽恕？"（第三十四行）他的"了解"（这一词带有自讽的意思）远离对基督的真知,因此怎能得救呢？他明知自己的情况是无望的,但还想以历史的情况为自己开脱。他指出历史不过是由"狡猾的小道"和"拼凑的走廊"所构成的迷宫,没有出路,通不到任何地方。历史对她的演员们悄语着"野心",用"虚荣"引诱他们。"她"（历史）成了一个荡妇,使我们想到像克柳巴（Cleopatra）那样一个荡妇,千娇百媚,"越给越使人渴求"（第四十行）。

（19）克柳巴的影子似乎也呈现在第四十一至四十四行中。只是在安东尼被骗多次并已对生活感到幻灭以后,她才给安东尼以爱情的确证,但这一确证已失去其价值,至少是来得太晚了。"脆弱的手"可能即指安东尼的手。这几行的大意显然是：所谓"历史教训"是骗人的,它大多指点不出任何出路。即使在尚有可能认识之时,我们却未曾注意它,失之交臂；或知之已晚；或者它落在软弱无能者的手里,或者受到拒绝,以致无法避免恶果（"直到拒绝引起了恐惧"）。

（20）第四十行的"给得太晚"同时意味着：在"基督这只虎"身上体现的真知被认识得太晚,致使事情已无可转圜（因为基督已被叛卖多次）,或被"感受"得太晚,以至它只成为一种"记忆",一种"回味的热情",纯学理式的认识。这正是枯叟的境况：他确知,他确认如此,但他的精神器官和他的肉体一样,已枯萎了。同样,第二十四行的"给得太早"也指基督的爱给得太早,而我们还稚弱,接受不了,我们便假托现在还不需要它,可是心里又害怕这一拒绝将引起的后果。

(21)然而,不论对后果的恐惧也好,在历史上勇于作为也好(如本诗开端所提到的战斗),都拯救不了我们(第四十五行)。战斗中的义勇总是伴随以罪恶,而"无耻的恶行"由于使作恶者耗尽精力,反而导致平静与克制的"美德"(第四十六至四十七行)。

(22)"结愤怒之果的树"(第四十八行)可指十字架(在基督教著作中常被称为"树"),基督曾从十字架上流下痛苦和怜悯的泪,但他也终将作为"基督这只虎"带着神的愤怒降临到邪恶的人间。它也可指犹大吊死的那棵树——"开花的犹大树";或指基督使之结实的枯无花果树(见《马太福音》第二十一章);或指伊甸园中的启发善与恶的知识之树;或指布莱克(William Blake)诗中的毒树(见《经验之歌》),它由泪水(包括母亲的悲泣)灌溉,由微笑和温柔的诡计照射,却只结出散布死亡的毒苹果。

(23)尽管人间有种种欺骗、遁词和堕落,但这无损于永恒的真言,它将使一切新生,因此会有"新的一年"(第四十九行)来临,但"我们"已丧失了新生的权利,与此无缘。"我们"应得到神的愤怒和惩罚,被"虎"吃掉。

(24)但即使明白这一点,枯叟还是要继续看他的乏味的说理和自辩。他不断重复着"想想吧",这是明知理亏而要赖着讲理的一种做法;"这一点,我可以开诚布公地告诉你"(第五十五行)也是有意的撒赖。

(25)因此,枯叟争执说,他"在租赁的房子里"(第五十一行)的无意义的死亡确有某种意义。他认为,他这一生的"表演"(第五十二行)自有其目的,他要用自己是受害者这种言词求得宽宥——例如说,他是犹太人的房客;但实则他内心知道他是基督的房客,基督才是房东,并且现在要来和他结算了。当然,基督正是犹太人——这个带有讽刺的双重含义是有意安排的,于是枯叟进一步辩解说,至少他没有和"落后的魔鬼"(指异教)、巫术(他和汤奎斯特夫人不同)以及世界主义的虚无主义共同策划阴谋(第五十四行)。这里可能要使人想到浮士德在魔鬼向他讨债(索要他的灵魂)时所做的声辩——不过,具有讽刺意味的是,此处枯叟是向基督声辩。

(26)为了拒绝被"基督这只虎"不可免地吃掉,枯叟继续在第五十六至五十九行里声辩。在第五十六至五十七行,他谈到的不仅是他自己,而且是全人类的情况:他们一度挨近基督的心(俗话说胎儿挨近母亲的心,因此这句话意味着完全的结合),但以后失去了原始的、纯粹的真理之"美",代替"美"而得到的是与上帝隔绝的恐惧,是不断的追问和怀疑,inquisition 这个字,可以意指"追问",也可以意指西班牙镇压"异端"的宗教审判(它以残酷暴虐的错误手段企图扭转宗教改革的潮流)。

(27)第五十八行说他丧失了"热情"——即丧失了介入"神化身为基督"的能力,或丧失了对基督的热情的理解(这里影射诸如西尔维罗先生和汤奎斯特夫人等把弥撒仪式变成了一种邪魔的崇拜)。他发牢骚说:他有什么理由要保持这种宗教热情,既然它必然要被其他人的行为和历史的错误方向所"掺杂"？他既已"失去了视力、嗅觉、听力、味觉和触觉"(莎士比亚戏剧《皆大欢喜》中贾奎斯形容老人语),又怎能期望他感到基督的存在？(第六十至六十一行)但这几行也可能指枯叟对自己过去的一段爱情的回忆,因为他的脑子本来是在被风吹来吹去的游思中。

(28)第六十二至六十三行,枯叟承认他的"思虑"是卑微的,毫无价值的,不过是"寒冷的呓语"。"延长了……利润"暴露了这种思虑无非是商业性质的——即他想从他老迈的梦呓中榨取出最大的利益。这一商业形象也体现于蜘蛛身上:它编织着金融的网或"停止经营"(第六十七行)。第六十九行的bear(熊)既指天空的大熊星座,也指证券交易所做空头的经纪人(bear按字义可作此解)。第七十三行下的trades既可指风(贸易风),也可指商业。第七十行的gull(鸥),同时可指一个被骗走钱财的人。这一切渲染出国际金融界的污浊气氛,如本诗开头所暗示的那样。

(29)用"卑微的思虑"来"刺激"枯叟的迟钝头脑的"皮层",好似用"佐料"来刺激迟钝的胃口——这些可以理解为给阴虚症者引起性欲。"万镜丛中"使人想到本·琼生(Ben Jonson,1573？—1637)的剧本《炼金术士》(*The Alchemist*)中的角色艾庇久尔·马芒的荒淫设置,但也可把镜子理解为幻象和欺诈的象征。

（30）第六十六行的蜘蛛也象征没有任何结果的滔滔议论；它和象鼻虫（第六十七行）的存在，表示枯叟所住的房子及枯叟本身都已凋残。枯叟在问：道德因果的循环难道能够停顿吗？自然的衰枯过程难道能够稍停吗？回答自然是不可能的。

（31）本诗结尾一段从《亨利·亚当斯的教育》一书采纳了如下思想：即不但历史混乱，物质世界也存在着混乱。自然间没有任何系统可言。亚当斯认为："混沌是自然的法则；秩序是人的梦想。"由此推论，混沌必是最后的结果，人只是暂时努力给混沌强加上一种模式而已；亚当斯把人的这种努力比作蜘蛛妄图将自然力罗致到它逻辑的网里。枯叟看出模式只是幻影，唯一的秩序是在物质之外，在"基督这只虎"中。

（32）枯叟在片刻间看到混沌来临的幻景。所以无根的、不信上帝的世界主义者都在天空中爆炸为"纤尘"（第七十行）。本诗开端时出现过热带的惊险斗争场面，都是刚劲的，流汗的，这里又出现了惊险场面，但它却是遥远而冰冷的，令人联想到海行，所经的地方是贝尔岛（在北大西洋中）合恩角（在南美洲极南端）和海峡（北大西洋）。但在这一景色中没有人和船，只有一只孤零的海鸥被风雪击落在荒凉的冰雪中死去——这是孤独的个人及其命运的悲惨形象，也是人的灵魂迷失无主的形象。也许诗人以这只鸥暗示：在混沌来临以前，在"基督这只虎"来到世间把一切无价值的居民清除以前，这只鸥象征世上最后的生命。

(33)在第七十三行,原来描述毁灭形象的清晰而锐利的语气开始衰弱,枯叟又自怨自艾:他只不过是一个瞌睡的老人,他虽知道正确的思路,但已不能悬思于其间。他的冥想毫无意义,因为这种种冥想已引不起任何感情和行动,它们像一所倾圮的房子里枯干梁木所发的爆裂声。它们像枯叟和其他房客一样,是枯竭而贫瘠的。这房子既指枯叟的凋残的躯体(其住户是枯竭头脑的思绪),也指人类的遭劫的大厦。最后着重以复数指出"房客们"(第七十五行),在于提示:我们终于都要向基督做结算:基督和犹太房东在这里是合一了。

# 荒　原

"因为我在古米亲眼看见西比尔吊在
笼子里。孩子们问她：你要什么，
西比尔？她回答道：我要死。"

献给艾兹拉·庞德
更卓越的巧匠

## 一　死者的葬仪

四月最残忍，从死了的
土地滋生丁香，混杂着
回忆和欲望，让春雨
挑动着呆钝的根。
冬天保我们温暖，把大地

埋在忘怀的雪里,使干了的
球茎得一点点生命。
夏天来得意外,随着一阵骤雨
到了斯坦伯吉西;我们躲在廊下,
等太阳出来,便到郝夫加登
去喝咖啡,又闲谈了一点钟。

我不是俄国人,原籍立陶宛,是纯德国种。
我们小时候,在大公家里做客,
那是我表兄,他带我出去滑雪橇,
我害怕死了。他说,玛丽,玛丽,
抓紧了呵。于是我们冲下去。
在山中,你会感到舒畅。
我大半夜看书,冬天去到南方。

这是什么根在抓着,是什么枝杈
从这片乱石里长出来?人子呵,
你说不出,也猜不着,因为你只知道
一堆破碎的形象,受着太阳拍击,
而枯树没有阴凉,蟋蟀不使人轻松,
干石头发不出流水的声音。只有

一片阴影在这红色的岩石下,
(来吧,请走进这红岩石下的阴影)
我要指给你一件事,它不同于
你早晨的影子,跟在你后面走,
也不像你黄昏的影子,起来迎你,
我要指给你恐惧是在一撮尘土里。

  风儿吹得清爽,
  吹向我的家乡,
  我的爱尔兰孩子,
  如今你在何方?
"一年前你初次给了我风信子,
他们都叫我风信子女郎。"
——可是当我们从风信子园走回,天晚了,
你的两臂抱满,你的头发是湿的,
我说不出话来,两眼看不见,我
不生也不死,什么都不知道,
看进光的中心,那一片沉寂。
荒凉而空虚是那大海。

索索斯垂丝夫人,著名的相命家,
患了重感冒,但仍然是

欧洲公认的最有智慧的女人，
她有一副鬼精灵的纸牌。这里，她说，
你的牌，淹死的腓尼基水手，
(那些明珠曾经是他的眼睛。看!)
这是美女贝拉磨娜，岩石的女人，
有多种遭遇的女人。
这是有三根杖的人，这是轮盘，
这是独眼商人，还有这张牌
是空白的，他拿来背在背上，
不许我看见。我找不到。
那绞死的人。小心死在水里。
我看见成群的人，在一个圈里转。
谢谢你。如果你看见伊奎通太太，
就说我亲自把星象图带过去：
这年头人得万事小心呵。

不真实的城，
在冬天早晨棕黄的雾下，
一群人流过伦敦桥，呵，这么多
我没有想到死亡毁灭了这么多。
叹息，隔一会短短地嘘出来，

每人的目光都盯着自己的脚。

流上小山,流下威廉王大街,

直到圣玛丽·伍尔诺教堂,在那里

大钟正沉沉敲着九点的最后一响。

那儿我遇到一个熟人,喊住他道:

"史太森!你记得我们在麦来船上!

去年你种在你的花园里的尸首,

它发芽了吗?今年能开花吗?

还是突然霜冻扰乱了它的花床?

哦,千万把狗撵开,那是人类之友,

不然他会用爪子又把它掘出来!

你呀,伪善的读者——我的同类,我的兄弟!"

## 二 一局棋戏

她所坐的椅子,在大理石上

像王座闪闪发光;有一面镜子,

镜台镂刻着结葡萄的藤蔓,

金黄的小爱神偷偷向外窥探,

(还有一个把眼睛藏在翅膀下)

把七支蜡的烛台的火焰

加倍反射到桌上；她的珠宝
从缎套倾泻出的灿烂光泽，
正好升起来和那反光相汇合。
在开盖的象牙瓶和五彩玻璃瓶里
暗藏着她那怪异的合成香料，
有油膏、敷粉或汁液——以违乱神智，
并把感官淹没在奇香中；不过
受到窗外的新鲜空气的搅动，
它们上升而把瘦长的烛火加宽，
又把烛烟投到雕漆的梁间，
使屋顶镶板的图案模糊了。
巨大的木器镶满了黄铜
闪着青绿和橘黄，有彩石围着，
在幽光里游着一只浮雕的海豚。
好像推窗看到的田园景色，
在古老的壁炉架上展示出
菲罗美的变形，是被昏王的粗暴
逼成的呵；可是那儿有夜莺的
神圣不可侵犯的歌声充满了荒漠，
她还在啼叫，世界如今还在追逐，
"唧格，唧格"叫给脏耳朵听。

还有时光的其他残骸断梗
在墙上留着;凝视的人像倾着身,
倾着身,使关闭的屋子默默无声。
脚步在楼梯上慢慢移动着。
在火光下,刷子下,她的头发
播散出斑斑的火星
闪亮为语言,以后又猛地沉寂。

"我今晚情绪不好。呵,很坏。陪着我。
跟我说话吧。怎么不说呢?说呵。
你在想什么?想什么?什么呀?
我从不知你想着什么。想。"

我想我们是在耗子洞里,
死人在这里丢了骨头。
"那是什么声音?"
　　　　　　　　是门洞下的风。
"那又是什么声音?风在干什么?"
　　　　　　　　虚空,还是虚空。
　　　　　　　　　"你
什么也不知道?什么也没看见?什么

也不记得?"

  我记得

那些明珠曾经是他的眼睛。

"你是活是死?你的头脑里什么也没有?"

         可是

呵呵呵呵那莎士比希亚小调——

这么文雅

这么聪明

"我如今做什么好?我做什么好?"

"我要这样冲出去,在大街上走,

披着头发,就这样。我们明天干什么?

我们究竟干什么?"

        十点钟要热水。

若是下雨,四点钟要带篷的车。

我们将下一盘棋

揉了难合的眼,等着叩门的一声。


丽尔的男人退伍的时候,我说——

我可是直截了当,我自己对她说的,

**快走吧,到时候了**

艾伯特要回来了,你得打扮一下。

他要问你他留下的那笔镶牙的钱
是怎么用的。他给时,我也在场。
把牙都拔掉吧,丽尔,换一副好的。
他说,看你那样子真叫人受不了。
连我也受不了,我说,你替艾伯特想想,
他当兵四年啦,他得找点乐趣,
如果你不给他,还有别人呢,我说。
呵,是吗,她说。差不多吧,我说。
那我知道该谢谁啦,她说,直看着我。

**快走吧,到时候了**

你不爱这种事也得顺着点,我说。
要是你不能,别人会来接你哩。
等艾伯特跑了,可别怪我没说到。
你也不害臊,我说,弄得这么老相。
(论年纪她才三十一岁。)
没有法子,她说,愁眉苦脸的,
是那药丸子打胎打的,她说。
(她已生了五个,小乔治几乎送了她的命。)
医生说就会好的,可是我大不如前了。
你真是傻瓜,我说。
要是艾伯特不肯罢休,那怎么办,我说。

你不想生孩子又何必结婚?
**快走吧,到时候了**
对,那礼拜天艾伯特在家,做了熏火腿,
他们请我吃饭,要我趁热吃那鲜味——
**快走吧,到时候了**
**快走吧,到时候了**
晚安,比尔。晚安,娄。晚安,梅。晚安。
再见。晚安。晚安。
晚安,夫人们,晚安,亲爱的,晚安,晚安。

## 三 火的说教

河边缺少了似帐篷的遮盖,树叶最后的手指
没抓住什么而飘落到潮湿的岸上。风
掠过棕黄的大地,无声的。仙女都走了。
温柔的泰晤士,轻轻地流,等我唱完我的歌。
河上不再漂着空瓶子,裹夹肉面包的纸,
绸手绢,硬纸盒子,吸剩的香烟头,
或夏夜的其他见证。仙女都走了。
还有她们的朋友,公司大亨的公子哥儿们,
走了,也没有留下地址。

在莱芒湖旁我坐下来哭泣……

温柔的泰晤士,轻轻地流,等我唱完我的歌。

温柔的泰晤士,轻轻地流吧,我不会大声,也说不多。

可是在我背后的冷风中,我听见

白骨在碰撞,得意的笑从耳边传到耳边。

一只老鼠悄悄爬过了草丛

把它湿黏的肚子拖过河岸,

而我坐在冬日黄昏的煤气厂后,

对着污滞的河水垂钓,

沉思着我的王兄在海上的遭难。

和在他以前我的父王的死亡。

在低湿的地上裸露着白尸体,

白骨抛弃在干燥低矮的小阁楼上,

被耗子的脚拨来拨去的,年复一年。

然而在我的背后我不时地听见

汽车和喇叭的声音,是它带来了

斯温尼在春天会见鲍特太太。

呵,月光在鲍特太太身上照耀

也在她女儿身上照耀

她们在苏打水里洗脚

哦,听童男女们的歌声,在教堂的圆顶下!

喊喳喊喳
唧格,唧格,唧格,
逼得这么粗暴。
特鲁

不真实的城
在冬日正午的棕黄雾下
尤金尼迪先生,斯莫纳的商人
没有刮脸,口袋里塞着葡萄干
托运伦敦免费,见款即交的提单,
他讲着俗劣的法语邀请我
到加农街饭店去吃午餐
然后在大都会去度周末。

在紫色黄昏到来时,当眼睛和脊背
从写字台抬直起来,当人的机体
像出租汽车在悸动地等待,
我,提瑞西士,悸动在雌雄两种生命之间,
一个有着干瘪的女性乳房的老头,
尽管是瞎的,在这紫色黄昏的时刻

(它引动乡思,把水手从海上带回家)
却看见打字员下班回到家,洗了
早点的用具,生上火炉,摆出罐头食物。
窗外不牢靠地摊挂着
她晾干的内衣,染着夕阳的残辉,
沙发上(那是她夜间的床)摊着
长袜子,拖鞋,小背心,紧身胸衣。
我,有褶皱乳房的老人提瑞西士,
知道这一幕,并且预见了其余的——
我也在等待那盼望的客人。
他来了,那满脸酒刺的年轻人,
小代理店的办事员,一种大胆的眼神,
自得的神气罩着这种下层人,
好像丝绒帽戴在勃莱弗暴发户的头上。
来的正是时机,他猜对了,
晚饭吃过,她厌腻而懒散,
他试着动手动脚上去温存,
虽然没受欢迎,也没有被责备。
兴奋而坚定,他立刻进攻,
探索的手没有遇到抗拒,
他的虚荣心也不需要反应,

冷漠对他就等于是欢迎。
(我,提瑞西士,早已忍受过了
在这沙发床上演出的一切;
我在底比斯城墙下坐过的,
又曾在卑贱的死人群里走过。)
最后给了她恩赐的一吻,
摸索走出去,楼梯上也没个灯亮……

她回头对镜照了一下,
全没想到还有那个离去的情人;
心里模糊地闪过一个念头:
"那桩事总算完了;我很高兴。"
当美人儿做了失足的蠢事
而又在屋中来回踱着,孤独地,
她机械地用手理了理头发,
并拿一张唱片放上留声机。

"这音乐在水上从我的身边流过,"
流过河滨大街,直上维多利亚街。
哦,金融城,有时我能听见
在下泰晤士街的酒吧间旁,

一只四弦琴的悦耳的怨诉,
而酒吧间内渔贩子们正在歇午,
发出嘈杂的喧声,还有殉道堂:
在它那壁上是说不尽的
爱奥尼亚的皎洁与金色的辉煌。

  油和沥青

  洋溢在河上

  随着浪起

  游艇漂去

  红帆

  撑得宽宽的

  顺风而下,在桅上摇摆。

  游艇擦过

  漂浮的大木

  流过格林威治

  流过大岛

     喂呵啦啦 咧呀

     哇啦啦 咧呀啦啦

  伊丽莎白和莱斯特

划着桨

船尾好似

一只镀金的贝壳

红的和金黄的

活泼的水浪

泛到两岸

西南风

把钟声的清响

朝下流吹送

白的楼塔

    喂呵啦啦 咧呀

    哇啦啦 咧呀啦啦

"电车和覆满尘土的树,
海倍里给我生命。瑞曲蒙和克尤
把我毁掉。在瑞曲蒙我跷起腿
仰卧在小独木舟的船底。"

"我的脚在摩尔门,我的心
在我脚下。在那件事后
他哭了,发誓'重新做人'。

我无话可说。这该怨什么?"

"在马尔门的沙滩上。
我能联结起
虚空和虚空。
呵,脏手上的破碎指甲。
我们这些卑贱的人
无所期望。"
　　　　啦啦

于是我来到迦太基

烧呵烧呵烧呵烧呵
主呵,救我出来
主呵,救我

烧呵

## 四　水里的死亡

扶里巴斯,那腓尼基人,死了两星期,

他忘了海鸥的啼唤,深渊的巨浪,
利润和损失。
　　　　海底的一股洋流
低语着啄他的骨头。就在一起一落时光
他经历了苍老和青春的阶段
而进入旋涡
　　　　犹太或非犹太人呵,
你们转动轮盘和观望风向的,
想想他,也曾像你们一样漂亮而高大。

## 五　雷说的话

在汗湿的面孔被火把照亮后
在花园经过寒霜的死寂后
在岩石间的受难后
还有呐喊和哭号
　　监狱、宫殿和春雷
　　在远山的回音振荡以后
　　那一度活着的如今死了
　　我们曾活过而今却在垂死
　　多少带一点耐心

这里没有水只有岩石

有石而无水,只有砂石路

沙石路迂回在山岭中

山岭是石头的全没有水

要是有水我们会停下来啜饮

在岩石间怎能停下和思想

汗是干的,脚埋在沙子里

要是岩石间有水多么好

死山的嘴长着蛀牙,吐不出水来

人在这里不能站,不能躺,不能坐

这山间甚至没有安静

只有干打的雷而没有雨

这山间甚至没有闲适

只有怒得发紫的脸嘲笑和詈骂

从干裂的泥土房子的门口

  如果有水

 而没有岩石

 如果有岩石

 也有水

 那水是

一条泉
　　山石间的清潭
　　要是只有水的声音
　　不是知了
　　和枯草的歌唱
　　而是水流石上的清响
　　还有画眉鸟隐在松林里作歌
　　淅沥淅沥沥沥沥
　　可是没有水

那总是在你身边走的第三者是谁？
我算数时,只有你我两个人
可是我沿着白色的路朝前看
总看见有另一个人在你的身旁
裹着棕色的斗篷蒙着头巾走着
我不知道那是男人还是女人
——但在你身旁走的人是谁？

那高空中响着什么声音
好似慈母悲伤的低诉
那一群蒙面人是谁

涌过莽莽的平原,跌进干裂的土地
四周只是平坦的地平线
那山中是什么城
破裂,修好,又在紫红的空中崩毁
倒下的楼阁呵
耶路撒冷、雅典、亚历山大、
维也纳、伦敦
呵,不真实的

一个女人拉直她的黑长的头发
就在那丝弦上弹出低诉的乐音
蝙蝠带着婴儿脸在紫光里
呼啸着,拍着翅膀
头朝下,爬一面烟熏的墙
钟楼倒挂在半空中
敲着回忆的钟,报告时刻
还有歌声发自空水槽和枯井。

在山上这个倾圮的洞里
在淡淡的月光下,在教堂附近的
起伏的墓上,草在歌唱

那是空的教堂,只是风的家。
它没有窗户,门在摇晃,
干骨头伤害不了任何人。
只有一只公鸡站在屋脊上
咯咯叽咯,咯咯叽咯
在电闪中叫。随着一阵湿风
带来了雨。


恒河干涸,疲萎的叶子
等待下雨,乌黑的云
在远方集结,在喜马万山上。
林莽蜷伏着,沉默地蜷伏着。
于是雷说话了
哒
哒塔:我们给予了什么?
我的朋友,血激荡着我的心
一刹那果决献身的勇气
是一辈子的谨慎都赎不回的
我们是靠这,仅仅靠这而活着
可是我们的讣告从不提它
它也不在善意的蜘蛛覆盖的记忆里

或在尖下巴律师打开的密封下
在我们的空室中
哒
哒亚德万:我听见钥匙
在门上转动一下,只转动了一下
我们想着钥匙,每人在囚室里,
想着钥匙,每人认定一间牢房
只在黄昏时,灵界的谣传
使失意的考瑞雷纳斯有一刻复苏
哒
哒密阿塔:小船欢欣地响应
那熟于使帆和摇桨的手
海是平静的,你的心灵受到邀请
会欢快地响应,听命于
那节制的手

    我坐在岸上
垂钓,背后是一片枯干的荒野,
是否我至少把我的园地整理好?
伦敦桥崩塌了崩塌了崩塌了
于是他把自己隐入炼狱的火中

何时我能像燕子——呵燕子,燕子
阿基坦王子在塌毁的楼阁中
为了支撑我的荒墟,我捡起这些碎片
当然我要供给你。海若尼莫又疯了。
哒嗒。哒亚德万。哒密阿塔。
善蒂,善蒂,善蒂。

(1922)

# T.S. 艾略特的《荒原》①

## 布鲁克斯和华伦

《荒原》是一首有名的最难懂的诗。它确实有难懂的地方,可是它最吓人的倒不一定是那许多文学典故,或那许多外国文字的引语。典故可以阐明,外文可以译出。本文后面将有一部分这一方面的注解。危险在于:读者或许把解释看做就是诗了,认为既已领会了前者,就是掌握了后者。本文将进行的讨论只能被看做是达到目的的一种手段,这目的乃是对于诗本身获得想象的理解。因此,读者满可以一开始就朗诵这首诗并且"听"它,先不必太关注于某些段落的意义。要理解任何一首诗,这都是可取的办法。它完全适用于《荒原》。在如此

---

① 本文译自克里安斯·布鲁克斯(Cleanth Brooks)和罗伯特·华伦(Robert Penn Warren)二人编著的《理解诗》(*Understanding Poetry*),一九五〇年版。

做时,读者会充分地对诗作为诗而加以尊重,不致被大量的注解所淹没。因为解释不管多么必要,要是以它代替了诗本身的话,那终归是无济于事的。

本诗的题名取自一个中世纪的传说,传说中讲到有一片干旱的土地被一个残废而不能生育的渔王统治着,这个渔王的宫堡就坐落在一条河岸上。这土地的命运是和它主人的命运相联系的。除非主人的病治愈,这片土地便只有受诅咒:牲畜不能生育,庄稼不能生长。只有当一个骑士去到渔王的宫堡,并在那里对显示给他的各种东西询问其意义的时候,这种诅咒才能消失。

杰茜·韦斯顿女士(Jessie L. Weston)在她所著的《从祭仪到罗曼斯》(*From Ritual to Romance*)一节里认为,渔王原来是植物神,在岁末时人们哀悼他的死亡。在春天大自然复苏时,则庆祝他的胜利回返。据韦斯顿女士说,拜繁殖教曾广为传播,特别被士兵和叙利亚商人所传播。以后这故事被基督教转化为圣杯的故事,影射入教的仪式。为了考验入教者的勇气,他必须旅行到"凶险的教堂",那里好像有一群恶魔在号叫。而且,在他到达渔王的宫堡时,他必须积极探求真理,必须追问各种征象的意义,然后才能把秘密的教义传授给他,才能告诉他生死是相关的,由死才能达到生。

在艾略特的诗《序曲》,特别在《阿尔弗瑞德·普鲁弗洛克的情歌》里,读者已经触及这个主题了。对本文的读者来说,为谈《荒原》,最好的准备是重读一下"普鲁弗洛克"的分析,因为这两首诗有共同的主题。艾略特在《荒原》中只不过把早一首诗里所用的写作技巧更加以扩充和发展罢了。读者开始满可以把《荒原》当作是"普鲁弗洛克"的世界透过中世纪传说的被诅咒的土地这一隐喻而再现出来的。

荒原的象征回荡在全诗的许多事件里。它说明了索索斯垂丝夫人使用泰洛纸牌算命的那一幕(四十三至五十九行)。泰洛纸牌的图像,据韦斯顿女士考证,是来源于崇拜繁殖的一套征象。可能在古埃及曾使用这些纸牌来占卜河水的高涨,因为全民族的繁荣都有赖于此。(我们也可以把算命这一幕看做是对骑士显示各种征象,让他追问其意义,以便使诅咒消失。)

荒原的象征还反映在有关尤金尼迪先生的提示中(第二百零九行)。他是叙利亚商人的现代子孙,那些叙利亚商人像腓尼基人扶里巴斯一样,曾把圣迹带到遥远的不列颠。尤金尼迪(Eugenides)原意是"高贵者之子",可是他的作用如今堕落了。他请人"在大都会去度周末"并不意味着启示人以生之秘密,而是引人崇奉空虚的或反常的寻欢作乐。赴教堂的痛苦旅程(第五章)影射去"凶险的教堂"的旅程,即求真知入门仪式的一部分。

不过,荒原的象征并不能解释诗里的一切事情(我们将看到,有许多其他比喻是用来暗示现代世界的性质的)。我们可能要对诗人采用如此遥远的比喻和如此复杂的一系列引语提出疑问。可是拜繁殖教所针对的问题的核心性质使采用这一切成为适宜。这种崇拜曾出现在我们所知道的每一文化中:人在试图赋予生命以意义时,必须解说生和死这类事实。而且,任何从较原始文化发展起来的高度文化,必然饱含着拜繁殖教的象征的种种暗示和变种。

对这些象征所构成的神话的采用,使诗人能有一套灵活有力的手段来表达现代文明的意义或无意义。泰洛纸牌可以说明这一点:它一度重要的用途和今日被下等的算命人利用的情况形成了对比;过去的教导是,绞死的神之所以死去,是为了他的人民能获得新生,而今日索索斯垂丝夫人却劝人避免死亡。

假如我们认为,这种对比只不过是为了把现在和光辉而有意义的过去加以对照来显示现在的龌龊,那就和反过来认为其含义是说过去的一切教士都不过是索索斯垂丝夫人这类骗子,是同样不中肯的。全诗所用的对比,其含义并不如此单纯。这些对比涉及一切文化所提出的基本问题,尽管在某些文化中,人们被迫作出回答,而在另一些文化中,人们则漫不经心地不予理会。

但对本诗的读者说,使用荒原的传说有其特殊用意。诗人意欲戏剧性地体现出人对生活在一个世俗化的世界,亦即毫无宗教意义的世界里是怎样感觉的。但对于现代的读者,主要的困难是在于他自己已过于世俗化了,看不出诗人说些什么。因此,诗人就想办法把读者置于类似圣杯故事中骑士的地位。那故事中的骑士必须追问他所见的一切事物的意义是什么,必须对显示给他的征象探问其意义,然后才能使灾祸消失。假如我们要体验这首诗——而不是仅仅被告知它的主题是什么,我们就必须注意我们读的一切具有什么意义。否则,我们将只看到一堆零乱的片断,它们可以被一个抽象而主观的结构联结起来,但不能在感觉的意义上统一起来。

前面说过,这首诗还使用其他的一些象征来描述现代世界,而且大量引用了文学典故。在下面的论述(可以看做是初步的轮廓)中,我们将大致限于探讨如下作品:《圣经》,莎士比亚,但丁以及居于我们文化中心的一些作品。在这初步的论述中,我们还将涉及读者大概是熟悉的作品:斯本塞的《结婚曲》,韦伯斯特的《葬歌》,戈德史密斯的《当美人儿做了失足的蠢事》和马威尔的《给他忸怩的女郎》。这些不足以说明全诗,但有助于我们认识到基本的主题。艾略特作为现代世界的特征所描写的一切,以前也出现过。《圣经·旧约·以西结书》的第二章,艾略特从那里引用了"人子呵"(第二十行)描绘了一个完全世俗化的世界:

1."他对我说:'人子呵,你站起来,我要和你说话。'"

2."他对我说话的时候,灵就进入我里面,使我站起来,我便听见那位对我说话的声音。"

3."他对我说:'人子呵,我差你往悖逆的国民以色列人那里去。他们是悖逆我的,他们和他们的列祖违背我,直到今日。'"

《以西结书》第三十七章描述先知所预见的一片荒原——枯骨的平原。他被问道:"人子呵,这些骸骨能复活么?我说,主耶和华呵,你是知道的。他又对我说,你向这些骸骨发预言,说:枯干的骸骨呵,要听耶和华的话。"

《旧约·传道书》第十二章(艾略特在本诗第二十三行注中提到它)也描述了一片枯干有如梦魇的世界:

1."你趁着年幼,衰败的日子尚未来到,就是如你所说,我毫无喜乐的那些年月未曾临近之先,当纪念造你的主。"

2."不要等到日头、光明、月亮、星宿变为黑暗,雨后云彩返回。"

3."看守房屋的发颤,有力的屈身,推磨的稀少就止息,从窗户往外看的都昏暗。"

4."街门关闭,推磨的响声微小,雀鸟一叫,人就起来,唱歌的女子也都衰微。"

5."人怕高处,路上有惊慌,杏树开花,蚱蜢成为重担,人所愿的也都废掉:因为人归他永远的家,吊丧的在街上往来。"

6."银链折断,金罐破裂,瓶子在泉旁损坏,水轮在井口破烂。"

7."尘土仍归于地,灵仍归于赐灵的上帝。"

8."传道者说,虚空的虚空,凡事都是虚空。"在本诗第五章所写的景色中也暗示到这一景象。

现代的荒原也好似但丁的地狱。艾略特在第六十三行的注里,让我们参看《地狱篇》的第三章;在第六十四行的注里,要我们参看第四章。第三章描写一处居住着那些曾在世间"不受赞誉或责备地活着"的人们。和他们共同住在这地狱的前厅中的是这样一些天使:"他们既不作乱,也不忠于上帝,而是为自己。"他们两面讨好,不介入任何行为。他们哀叹"没有希望获得一死"。尽管他们没有希望获得一死,但丁却轻蔑地说他们是"从没有活过的不幸者"。要想过真正的生活,就需要有为,而过分怕死的人是绝不肯有为的。《地狱篇》第四章所写的是这样一些灵魂:他们生时善良,但在基督福音传世以前死去。他们没有受到洗礼。他们是现代荒原上居住的两类人中的第二类:一类是完全世俗化的人,一类是没有获知信仰是什么的人。

记着这三种空虚和荒瘠的境界(即圣杯故事、《圣经》和但丁所描写的),我们就可以看看在本诗中是如何展开的。在第一章,在叙述者的脑中流过一个世界的浮影,这个世界是怠倦和怯懦的,无聊而不安,喜欢冬天的半死不活而规避春天生命力的激烈的复苏。这个世界害怕死亡,把它看作是最大的坏事,可是想到诞生又使它不安,而且把生和死看成是截然有别的。我们看到对这个世界的特点的思考(第一至七行,二十至三十行)杂以对某些特殊情景的回忆(第八至十八行,三十五至四十一行)。在这之间,有片断的歌或回忆到的诗句。

这个世界害怕未来,渴望看到预兆和征象,尽管看到了也不会相信。主人公被算了一命,可是算命人告诫他的是"小心死在水里吧",而不是那近似神的启示的警告,即第三十行的"我要指给你恐惧在一撮尘土里"。

当主人公看到伦敦桥上成群的人在冬日早晨的雾里走去上班时,他想到但丁在地狱的幻景中所看见的那成群的死者。这些人在无目的的活动中是死了,并非活着。对繁殖之神进行埋葬的仪式,是由于相信他的精力将会复苏,犹如大自然的精力一样。而在这里,死者的葬仪没有带来复苏的希望。韦伯斯特《白魔鬼》里的《葬歌》(见七十四行注)的引语描绘了较早时代的葬礼,那景象该是恐怖的:一具没有友人的尸体由蚂蚁、田鼠和鼹鼠去照料;但是在韦伯斯特的诗里,这景象写得毫不可怕。尽管有狼,大自然被写为对人很友善。然而在本诗里,韦伯斯特的葬歌所构制的美却变为一种特殊的恐怖,而这恐怖的产生,是部分地由于把背景"驯服"了:不是在粗野的大自然,而是在近郊的花园;不是无人过问的尸体,而是"你种……的尸首";不是人类之敌的狼,而是那家畜的狼——狗,纯出于友好之情把尸体掘出来。大自然被驯服并失去其恐怖感(敌对的狼转变为友善的狗),这是世俗化过程的一部分。

第一章里有一处狂喜和美的情景,那是回忆及风信子园外的一段事。它说到的那一刻不是半生半死,而是生命丰满的;可是主人公却要说在那一刻"我不生也不死"。这种说法尽管好像夺去了生机,但之所以如此,是由于把这一刻和魔法师看到幻象的一刻等同起来,因此它和荒原上的生中之死是决然不同的。试把这段里的"我说不出话来……什么都不知道"和下一章里的"你什么也不知道?什么也没有看见?"(第一百二十一至一百二十二行)相比较,这两段有完全不同的效果。

第二章在某种意义上是全诗最容易懂的。我们看到荒原上两种生活的侧影,描绘了处于社会两极的两个处女:一个是豪华居室中的女人,另一个是丽尔,她被两个伦敦朋友在酒馆里谈论着。但这两个女人都是幻灭而悲哀的;对于这两人,"爱"成了难题:一个情绪不好,扬言要冲到大街上去;而另一个呢,已经堕过一次胎,现在当丈夫退伍的时候,害怕又生孩子。两个都是荒瘠的女人,是现代世俗社会的精神荒瘠的象征。她们还代表现代世界的两个方面:贫民窟的堕落和客厅的神经质,虽然表面看来大不相同,却都是现代世界的精神溃败的体现。

第七十七至七十八行把客厅的女主人比作在西德纳河上初次呈现在安东尼面前的克柳巴(见莎士比亚的《安东尼和克柳巴》二幕二场一百九十行)。可见屋中的豪华只不过反衬女主人生活实质上的空虚。室内陈设反映了富丽的文化遗产;可是这些征象对她毫无意义,过去对她是死了的;因此本诗在一百零四行把室中的其他装饰以"时光的其他残骸断梗"一词作结而撇开。在她和坐在室中陪她的情人或丈夫之间没有真正的共感。她终于绝望地追问:"你可是活着吗?你的头脑里什么也没有?"她在她的生活中看不出什么意义——除了单调的惯常行为:"十点钟要热水。若是下雨,四点钟要带篷的车。"她的生活意义就像一盘棋戏那样人为规定的。

丽尔的生活在她的两个朋友喝啤酒时的谈论中,

显出了可怜的惨况。酒馆伙计越来越紧地以关门的通知催她们走,终于把这两个妇女赶出酒馆去。

河水主宰着本诗的第三章:先是现代的河,河岸上零乱地堆积着垃圾;接着是伊丽莎白时代的河,像斯本塞在《结婚曲》里所描写的,那河上举行过庄严的婚礼。主人公行经城市来到河沿,他又看到河,一条现代的河,洋溢着"油和沥青";接着又是古代伊丽莎白女皇乘坐皇家游艇的河;接着我们又看到作为龌龊爱情的背景——现代的河。

在河的背景上提出的爱情主题,在本章的中心事件中得到明显的发展。这就是女打字员和满脸酒刺的年轻人的相会,他们的爱情只是生物机能的行为,除此没有任何意义。这种机械行为甚至反映在诗的格律上。那年轻的女人做了一件"失足的蠢事",但她没有被骗之感,因为她没有幻觉,她不期望什么,因此也没有失掉什么。诗人把哥尔斯密斯(Oliver Goldsmith,1730?—1774)的诗《当美人儿做了失足的蠢事》从主题、情调和节奏的性质上都改写过,精彩地传达出对同一行为的两种截然不同的概念。她没有感到恐惧和悔恨。她什么也没有感到。她机械地用手理理头发,并拿一张唱片放在留声机上的这一动作,表示那件事对她是无所谓的。

菲罗美通过痛苦而获得歌喉,因被奸污而有了"神圣不可侵犯的歌声"(第一百零一行)。这女打字员当然不是被强奸的,但也没有神圣不可侵犯的乐音——只有留声机上的机械的乐音。

第三章里还有一个极为重要的典故。那是莎士比亚《暴风雨》里的歌"你的父亲躺在五㖊深的地方"。在这支歌里,正如在菲罗美的故事中一样,都指出损害和丧失将被转化为富丽的美。在拜繁殖教中,死被转化为生命:种子被埋葬后重又生发为植物;神死了又复返。在莎士比亚的戏里,年轻的菲狄南王子在覆舟以后,在普罗斯波罗的岛边沮丧地游荡着,为他父亲的死而难过(见一百九十二行)。正走着时,他听到了阿瑞尔的歌"你的父亲躺在五㖊深的地方",这在他听来不像是来自人间的音乐。他由音乐引导行进,发现了米兰达和爱情,以后又看到他的父亲还活着,而且因为有了岛上的经历而转变了。

这支歌的片断不断出现在诗中叙述人的脑中。在算命的那一段,提到淹死的腓尼基水手时,他想到了"那些明珠曾经是他的眼睛"(第四十八行);在第二章,当他被问到:"你什么也没有看见?什么也不记得?"他不可解地记起了"那些明珠曾经是他的眼睛"(第一百二十五行)。现在,当他在煤气厂后漫步时,他想起菲狄南王子的悲哀的游荡,但是死亡没有使他看到白骨变为珊瑚或眼睛变为明珠。没有什么变为"富丽而奇异的东西",只有干骨头"被耗子的脚拨来拨去的,年复一年"(第一百九十五行)。而那在水上从他身边流过的音乐(第二百五十七行)却是发自女打字员的留声机的。

在荒原的单调世界里,甚至时间也有了不同的特点。时间,它不像马威尔在《给他忸怩的女郎》一诗里那样被意识到是一种迫令人行动的殷切催促。马威尔在他的背后总听到"时间的有翼的车";而本诗的主人公却"不时地听见汽车和喇叭的声音"(第一百九十七行),那伦敦市交通的嘈杂声。

在这一章里,或许有一个美而蓬勃有力的现代景色,这就是那在第二百六十至二百六十五行里所描写的。由任(Wren)所修建的辉煌的殉道堂如今已围在鄙陋的房子中间;但是怨诉的四弦琴是"悦耳的",渔贩子们是生气勃勃的("酒吧间内……发出嘈杂的喧声"),而教堂内还有"说不尽的爱奥尼亚的皎洁与金色的辉煌"。这里有一种生命感,和主宰其他景幕的那种半死半活不同。就本身的意义说,这些贫苦的渔贩子有了生命力;就象征的意义说,他们和鱼——繁殖的征象——相关联。第三章以"烧"字结尾,它所描写的世界是一个被枯竭的人欲燃烧的世界。第四章的简短的抒情插曲与此形成对照:不是无意义的燃烧,而是淹死;不是半死,而是真死;不是干燥的小顶楼里的干骨头,而是海底的洋流低语地啄着的骨头。读者或许要把这一段仅仅看作是单纯的对比——是语调和情致上的变化。但这一段是被它以前的三章大大充实了的。扶里巴斯是叙利亚商人之一。这里的"水里的死亡",正是索索斯垂丝夫人警告主人公要小心的。不管扶里巴斯在这里是否经历了"海里的变化,变为富丽而奇异的东西",这里至少有一种和平与超脱之感。利润和损失不再烦扰他。他回到了一切生命之源的大海,而且甚至还有返本归原之感——"经历了苍老和青春的阶段"——仿佛他现在重历他从娘胎开始的历程。

这一章和第一章一样,以一个普通号召而结束:"你们转动轮盘和观望风向的"——就是说,你们像扶里巴斯一样驾驶你们的船和观望天时变化的,你们以为是自己掌握着航程,并且自信不是无能为力地转动轮盘和毫无意义地兜圈子的——请不要忘记扶里巴斯一度和你们一样强大有力,却回避不了漩涡。死亡是一个回避不了的事实。

本诗的最后一章给人以经历噩梦景象的痛苦旅程的感觉。神已经死了。第三百二十二至三百二十三行暗示耶稣在客西马尼园中的受难,他被囚禁审判和最后死在十字架上;第三百二十四至三百二十五行暗示他在彼拉多面前的受审。"那一度活着的如今死了"。但是,对于不信奉他的人,他是在一种特别的意义上死了;那些无信仰者既然是荒原上的人,他们并不是真正活着:"我们曾活过而今却在垂死,多少带一点耐心。"(第三百二十九至三百三十行)

下一段暗示为干旱所苦的旅人陷于呓语中。叙述人总感到一个隐身人的存在。《路加福音》第二十四章记载,在耶稣被钉在十字架上后,有两个门徒在前往以马忤斯的路上,发现他们身边走着一个陌生人,这人以后显现为复活的耶稣。在本诗里没有这一显现,只有幻觉扩大为一个颠倒了的世界的噩梦幻景。城,像是在海市蜃楼中的倒影,"破裂,改正,又在紫红的空中崩毁。"钟楼是"倒挂在半空中"的,其中的钟声是令人"回忆"的,还有歌声发自"枯井"。

文明是崩溃了；现实和非现实好像混在一起。那个宣称"我要冲出去，在大街上走，披着头发，就这样"的女人（第一百三十二至一百三十三行）又出现了，"一个女人拉直她黑长的头发，就在那丝弦上弹出低诉的乐音"（第三百七十七至三百七十八行）。带着"婴儿脸"的蝙蝠和"发自空水槽和枯井"的歌声都指明一场无益的渴望的梦魇。

这一梦魇的旅程带有探索者走向"凶险的教堂"的旅程的性质。那教堂是荒凉无人的，因此更显得充满凶兆。然而屋脊上的公鸡在闪电中叫；还有"随着一阵湿风，带来了雨"，预期着安慰。

电闪之后跟来了雷鸣。雷声是由拟声的字"哒"（Da）表现的。但诗人也利用它是如下梵文字"哒塔"（给予）、"哒亚德万"（同情）和"哒密阿塔"（节制）的头音。雷说的话包括了消灾的秘密。不愿意献出自己——不愿意承担责任——是和孤立之感及行动瘫痪相联的，而这两者正是荒原的特点。"给予""同情"和"节制"正是对这一困境的逐条的解答。

这几个字的每一字后的段落都是该字的解说，并把它和本诗前面的一些情况联系起来。人不能绝对地只顾自己。即使种族的繁殖也需要承担责任和奉献自己。活着就需要信仰生命以外的一些东西。

把自己奉献给自己以外的一些东西,这就是要超越人的基本的孤立处境的企图(不管是在性或其他方面)。我们每个人都是关闭在自己的思想和感觉的个人世界里的,正像乌戈里诺伯爵关在他的城堡里一样(见但丁《地狱篇》第三十三章)。失意的考瑞雷纳斯"只能"有"一刻"复苏(考瑞雷纳斯是傲慢的象征,见莎士比亚的同名剧本)。

雷的第三个指示(第四百一十八行)的解说,即响应"水里的死亡",又和它形成对照。这里的水手不像那淹死的水手扶里巴斯那样无所作为,只随着洋流起落,而是整个主宰着小船,仿佛它就是他自己的意志的扩展。它"欢快地响应"着,说"你的心会欢快地响应",这意味着心还没有做到。叙述人是处在逆境中。"要给予"这一指示引起他问道:"我们给予了什么?""要同情"这一指示使他想起他曾听见钥匙"只转动了一下"。钥匙必须转动第二下,他的牢门才能打开。

诗人用梵文字来解释雷鸣,从而把他的引证推向人类最早的历史。在吠陀经《优波尼沙土》里有着关于雷的指示的神话;因此,古代的智慧是包容在原始的语言中,而现代的欧洲语言大都是从那语言引申出来的。

但是，本诗不是以令人复苏的降雨而告终。它的主旨在于使现代荒原的经验得以印证，因此把荒原保持到底。叙述人获知了古代智慧，这件事本身并不能消除普遍的灾祸。不过，即使世俗化已经或可能摧毁现代文明，叙述人还有他自己的个人义务要履行。即使伦敦桥崩坍了，"是否我至少把我的园地整理好？"

主人为支撑他的荒墟而捡起"碎片"（第四百三十行），仿佛对本诗做了一个艰难的、不够满意的结尾。但如果我们知道这些碎片是从哪儿引来的，其来源的总体是什么，我们就会看到，尽管它们标志着主人公的绝望处境，它们并不仅仅是一堆杂乱的东西：它们堆在他的荒墟上是有着某一宗旨的。第四百二十七行"于是他把自己隐入炼狱的火中"，这是但丁《炼狱篇》中诗人阿脑特所说的话。他对但丁说，"我是阿脑特，又哭泣又行走作歌；在脑中我看见我过去的疯狂，我又欢欣地看到我所期待的未来的日子。"他的痛苦不是无意义的，他欢欣地退到炼狱的火中。①

---

① 泰晤士河的第三个女儿（第二百九十三至二百九十四行）也反映了《炼狱篇》的一段话，即第五章中庇雅的话，但这里引证《炼狱篇》提示了一个讽刺的对照。因为，和阿脑特的受难一样，庇雅的受难是一次净化作用；她抱着希望，而泰晤士河的第一个女儿是怀着沮丧和绝望说话的。

第四百二十八行("何时我能像燕子")是从一首晚期拉丁诗《维纳瑞斯之夜》引来的。那首诗也是以希望的调子结束,其叠唱句是:"明天,但愿那未曾爱过的和已爱过的人都有爱情。"

第四百二十九行("阿基坦王子在塌毁的楼阁中")是从吉拉得·德·诺瓦尔(Gerard de Nerval)的十四行诗《被废谪的人》引来的。那首诗结尾的几行译出如下:"我曾两次胜利地渡过阿克隆河(冥府的河);在奥弗斯的竖琴上我分别弹出圣徒的悲叹和仙子的哭泣。"和他一样,《荒原》的主人公也来自地狱。塌毁的楼阁就是"凶险的教堂",它也是整个衰败的传统。主人公决心恢复和重建他的传统。第四百三十一行的"当然我要供给你"取自伊丽莎白时代的戏剧《西班牙的悲剧》,这剧的副名为《海若尼莫又疯了》。海若尼莫为了替被害死的儿子报仇而装疯。当他被要求写一出戏给宫廷演出时,他答道:

> 当然我要供给我;别再说了。
> 我年轻的时候,脑子里想的
> 和我做的都献给无益的诗了;
> 虽然教授认为受惠不多,
> 可是这个世界却挺喜欢它。

他看到这出戏会给他提供一个难得的机会来为他被谋害的儿子复仇。和海若尼莫一样（也和阿脑特和被废谪的人一样），本诗的主人公现在找到了他的主题；他将要做的事不是"无益的"了。

海若尼莫的戏是以各种外文写成的部分组成（本诗的结尾也是集合了各种外文的引语）。当廷臣们指责说，这种办法把一出戏弄成了"仅仅一团糟"时，海若尼莫仍不予理会；他的怪主意终于被采纳了，这多半是由于迁就他的疯狂。

诗人此处的写法可能同样显得是发疯，全诗以"仅仅一团糟"而结束。但如果我们看到本诗是涉及一种文化的崩溃，并看到许多文化都归到一个主题上这一重要事实，这种写法就是可以理解的。这样结尾还有一个理由：主人公意味到全诗收尾的一些话在许多人看来是毫无意义的胡言乱语，尽管其中有着最古老最永恒的人类的真理①："哒嗒。哒亚德万。哒密阿塔。"还有一串雷鸣："善蒂，善蒂，善蒂。"艾略特的注释告诉我们，这里重复的梵文字的意思是"超乎理解

---

① 参见艾略特后来的诗剧《家族的重聚》。在该剧结尾时哈里说："难办的是，当一个人刚刚恢复清醒而又不十分肯定自己是清醒的时候，那时在别人看来，他好像才是最疯狂的。"

的和平"。

在本文以上的解释中,我们略过了许多隐喻和用典的地方。这些将在后面注出。不过,关于本诗主题的开展最好尽可能简述一下,以便使读者自己做一种练习,把其他象征和隐喻的地方调和起来。

对读者说,更重要的是尽可能清楚地看到本诗如何作为诗而感人,而不是仅仅得到本诗的详细的意译就算。为了这一目的,也许最好是在读者对某些次要隐喻的确切用意试图仔细寻索以前,先说明一下本诗中典型的关联和对比。

《荒原》使用的基本手法如下:诗人借助表面的类似而实则构成事实上讽刺的对比,又借助表面的对比而实则构成事实上的类似。这两方面合起来所引起的效果,是把混乱的经验组成一个新的整体,而经验的现实的外表还是忠实地保留着。经验的复杂性并没有因为显然强加于它的一个预先规定的设计而被破坏。

《死者的葬仪》里的占命一段诗能恰当地说明这一总的手法。在诗的表面上,诗人写出江湖术士索索斯垂丝夫人对它的使用形成了对比。然而每个细节(以占命者的空谈来衡量是有其现实性的)在全诗的总内容中都具有新的意义。被二十世纪读者讥笑看待的占命随全诗的发展而变为灵验的——当然不是索索斯垂丝夫人所意味的那种灵验。因此,表面的讽刺被反过来,成为更深一层的讽刺。她的谈话的几个项目,就其谈话的前后联系看,只有一个涵义:"有三根杖的人","独眼商人","成群的人在一个圈子里转",等等。可是若与其他意思联系起来,它们便具有了特殊的意义。总括说来,本诗的所有重要象征都归列在这里了;但在这里,在它们被明显地串联起来的这唯一的段落里,这串联是无力和偶然的。只有从整个内容来看才看到的那更深的联系,是随着诗的发展而显现出来的——而这,当然,正是本诗所要追求的效果。

把细节从一个"单纯的"上下文转移到另一个内容里,从而使它饱含深意,并且改变了原意——这种转移可以说明本诗的许多文学用典。例如,"菲罗美的变形"只是《一局棋戏》开头描写的室中陈设的一个项目,可是时态的突然改变——"她还在啼叫(过去时态),世界如今还在追逐(现在时态)"——使它成为现代世界的注解和象征。在全诗里,对它的再影射逐渐把它和本诗的主题等同起来。采用莎士比亚《暴风雨》的典故显示了同样的手法。但丁的地狱和圣杯故事里的荒原是相当近似的。第一次引用阿瑞尔的歌不过基于不相关的下意识的联想:"这里是你的牌,淹死的腓尼基水手,(那些明珠曾经是他的眼睛,看!)"这个典故第二次出现在《一局棋戏》里的时候仍不过是作为主人公的玄想中的一个项目而已。甚至在"我……对着污滞的河水垂钓,沉思着我的王兄在海上的遭难"和随后的诗行里,把《暴风雨》的象征和圣杯故事相联系也仅仅是讽刺性的。但这联系是建立起来了,尽管它好像是为反讥讽而形成的;而当我们读到《水里的死亡》和其中改变了的语调时,这联系则被正面地确定下来。我们似乎从表面凑合起来的材料得到一种启示感。

自然,这个总过程的另一方面是个性的相互融合。伊丽莎白女王和海倍里出生的女子都在泰晤士河上游览,一个是在皇家游艇上,一个仰卧在小独木船里。这女子是泰晤士的仙女,她被强奸了,因此类似那同样被粗暴污辱的莱茵河的仙女。无论是人物还是其他象征,它们之间的表面联系可能是偶然的,看来微不足道的这种联系或者是为了讥讽,或者通过随意的联想或幻觉;可能是更深一层的关系却在诗的总内容中显示了出来。其效果是给人以经验的统一感,各时代的统一感;与此同时,还会感到总的主题是从诗里逐渐产生出来,它不是强加的,而是逐渐呈现的。

这些类似和对比的复杂交错自然造成晦涩,不过这种晦涩部分地应归因于诗人忠于经验的复杂性。一些象征简直不能和一个单纯的意思等同起来。举例说,"岩石"在全诗里似乎是"沙漠"的象征之一。"干石头发不出流水的声音",荒原上的女人是"岩石的女人",而最突出的是,在《雷说的话》里有一长段呓语:"这里没有水只有岩石"。它的大概意思是如此;可是在《死者的葬仪》里又有如下诗句:"只有一片阴影在这红色的岩石下,(来吧,请走进这红岩石下的阴影)。"岩石在这里是避居的地方。从死得生的这一反义是贯串在这一象征里了。

还有一个更明显的例子说明对象征的两可的采用。请看一看风信子女郎的那些诗行。那里的形象显然给人以生命的富丽之感。那是狂喜的一刻(基本的形象显然是有关性欲的);但那一刻的强烈像是死亡。主人公在那一刻"看进光的中心,那沉寂",因此他看到的不是丰满,而是空虚,他"不生也不死"。生命的征象也意味着一种死亡。这种双重作用自然扩展到一整段。例如,请看:"而酒吧间渔贩子们正在歇午……还有殉道堂:在它那壁上是说不尽的爱奥尼亚的皎洁与金色的辉煌。"这一段的作用在于指出宗教已进入困境。辉煌的教堂现在是被贫民区包围着了。但是，它也有一个反效果：在教堂旁"下泰晤士街的酒吧间"里的渔贩子们过着有意义的生活，而这生活对于世俗文化的中上阶层却不存在了。

无疑地，这篇诗中每个象征如果只有一个确定意义，它会"清楚"一些；但它也就会粗浅些，忠实得差些。因为诗人不能满足于展示一个说教的暗喻，把一层平面的象征直接加添到全局的总和里去。他使用的象征是主题的一些戏剧化的例子，其本身的性质即体现了主题的基本上的反义（似是而非）。

我们把诗人说得好像是一个要从敌意的听众取得认可的战略家。当然这只是在某种意义上是如此的。诗人自己既是叙述人也是听众；我们如果就诗人的诚实而非其他的策略来立论，那将把问题说得更确切些。作为一个完全是他自己时代的人，他只能在谈及基督教复兴的困难时，才能不虚假地表明他对基督教传统的态度；而作为气质上诗人成分远多于宣传家成分的人，他只能在具体地戏剧性地表现他的主题时才能是真诚的。

把这一件事再换一个说法：对诗人来说，基督教的术语已是一堆陈词滥调。无论他认为这些术语如何"真实",他仍然体会到,它们在表面上看来只能是陈词滥调,而他的办法必须是一个使它们重新获得生命的过程。因此,《荒原》采用的手法是粗暴而激烈,但又是完全必要的。因为,要把已被一层熟稔之膜盖住的象征加以更新和恢复其生命力,就必须有我们在讨论个别段落上所曾提到的一种结构:即陈述表面的相似,而这些相似又讽刺地显示为不相似;又把看来显然不同的事物联系起来,终至后来领悟到它们的不同只是表面的,而事实上相似是基本的,并串起了那一切。就这样,信仰是通过紊乱和冷嘲而宣布出来,并不是撇开它们而宣布的。

### 《荒原》——题注[①]

作者自注:"不仅本诗的题名,而且连它的规划和大部分偶然的象征都受益于杰茜·韦斯顿(Jessie L. Weston)关于圣杯故事的一本书《从祭仪到罗曼斯》(*From Ritual to Romance*)的启

---

[①] 这里的注解,是混合了作者自己的经过选择的注解,布鲁克斯和华伦的注解和译者加添的注解而成的。上面布鲁克斯和华伦的文章内已详为说明的地方,这里就从略了。

发。确实,我的受益之深,使得韦斯顿女士的书比我的注解更有助于解说本诗难懂的地方;我向凡认为本诗值得费力加以解说的人推荐这本书,且不论它本身的引人入胜之处。总的说来,我还受惠于另一本人类学著作,那曾深深影响我们一代人的著作;我是指福莱色的《金枝》(James Fracer: *The Golden Branch*);我特别使用了其中的两卷:阿童尼·阿蒂斯,奥西里斯。任何熟悉这几卷的人会立刻在本诗中看到对拜繁殖仪式的引用。"

本诗的题辞引自古罗马作家佩特罗尼乌斯(Petronius,? —66)的讽刺作品《沙特里康》(*Satyricon*)。西比尔是能做预言的女人,为太阳神阿波罗所爱。她向阿波罗要求长生,阿波罗给了她一千年,但她忘了要求给她青春,因此活得虽长,但处于毫无青春活力的状态中。

第九行:斯坦伯吉亚是德国南部慕尼黑城附近的一个湖,是游览胜地;这里可以被认为是欧洲文明的中心地带,因此艾略特以它为背景来描写现代的荒原。

第十行:郝夫加登是慕尼黑的一个公园。

第十二行:这一行原诗为德文,表示是操德语的人说的。

第十三至十八行:前四行是餐室中一个名叫玛丽的女顾客说的话。第十七行是另一人的话。第十八行又是一个顾客的谈话。诗人用以上这些人谈话的片断来表示他们是荒原上没有根的人。

第二十行:"人子呵"引自《圣经·以西结书》。在那里,耶和华从天上对以西结说:"人子呵,你站起来,我要和你说话"。采用圣经的口吻表示自二十一至三十行的教诲带有启示的性质。

第二十三行:这里仿照了《圣经·传道书》第十二章中对古代没有信仰的世界的描写。那里写道:"人怕高处,路上有惊慌,否树开花,蚱蜢成为重担……"

第二十五至二十六行:参看《圣经·以赛亚书》第三十二章里提到救世主的这样一段话:"必须有一个人像避风所和避暴雨的隐蔽处,又像河流在干旱之地,像大岩石的影子在疲乏之地。"

第三十一至三十四行:这四行原诗为德文,引自瓦格纳的歌剧《特里斯坦和伊索得》第一幕。特里斯坦护送伊索得乘船去爱尔兰,要把她献给她所不爱的马克王为后。这四行是船上水手所唱的歌,在他唱歌的时候,特里斯坦和伊索得还没有误服下爱情的迷药。在服下迷药后,他们便终生相爱,历经苦难。

第三十五行:风信子花是繁殖仪式里复活了的神的象征。

第四十二行:"荒凉而空虚是那大海",原诗中为德文,引自:"特里斯坦和伊索得"第三幕。特里斯坦受伤后等待伊索得来相会,他在岸边问守望的人,是否海上有船载来伊索得,但守望的人回答说:"荒凉而空虚是那大海"。诗人有意在这德文歌剧的两段引文中间夹着风信子花女郎的现代爱情插曲,以造成今昔的对比。

第四十六行:作者自注:我不太清楚泰洛纸牌(Tarot Pack of Cards)的确切组成,我显然没有考虑它,只是取来以适应我的需要。那绞死的人是这套传统纸牌里的一个人物,他从两方面说适合我的主旨:一因为在我的脑中他和福莱色(即《金枝》的作者)的被绞死的神联想在一起了,二因为我把他和本诗第五章中两门徒到以马忤斯的路上看见的蒙头巾的人相联系起来。腓尼基水手和商人以后还出现;还有"成群的人"以及"水里的死亡"也在第四章里出现。"有三根杖的人"(确系泰洛纸牌中的一张)被我很武断地和渔王联系在一起了。按:腓尼基水手象征繁殖的神,繁殖神像每年要扔在海中表示夏季的死亡,以便迎来下一年的春天。

第四十八行:引自莎士比亚《暴风雨》中的丧歌:

> 你的父亲在水下有五㖊深,
> 他的骨头已变成了珊瑚;
> 那些明珠曾经是他的眼睛。
> 他的一切都没有变腐,
> 而是经历了海里的变迁,
> 变为富丽而奇异的什物,
> 海仙每小时敲他的丧钟:
> 　　　叮——当。

> 听! 现在我听到了它:叮当的钟。

第四十九行:贝拉唐娜(Belladonna),意大利文,意为美女,同时也是一种有毒的花。岩石的女人,指意大利文艺复兴时期画家达·芬奇的一幅画《在岩石中的圣玛利亚》中的圣母玛利亚;一说这是同一画家的《蒙娜丽莎》那幅画。

第五十一行:轮盘,指命运之轮,也可能是指佛教中的轮回。

第五十二行:独眼商人,这是纸牌上画的侧脸,只呈现一只眼睛。联系到第二百零九行的商人尤金尼迪先生,"独眼"暗示占卜者的作用退化了。如索索斯垂丝夫人是患了"重感冒",和独眼商人同样是不灵验的。

第五十三行:"是空白的",是指有人肩负着秘密,不让人看见。

第五十五行:"绞死的人",是为了复生、繁殖而被处死的神,包括基督和渔王。

第六十行:作者自注:"参见法国诗人波德莱尔的诗:

> '这万头攒动的城,充满梦的城,
> 鬼魂在白天就缠着过路的人。'"

第六十三行:作者注:"参见但丁《地狱篇》第三章五十五至五十七行:

> '这样长的
> 一串人,我没有想到
> 死亡毁灭了这么多人。'"

第六十四行:作者注:"参见但丁《地狱篇》第四章二十五至二十七行:

'这里没有抱怨的声音

可以听见,除了叹息

震撼着永恒的天庭。'"

第六十六行:威廉王大街,位置在伦敦桥以北,直到伦敦的市区中心。

第六十七行:圣玛丽·伍尔诺教堂在威廉王大街和伦巴得街的街角。

第七十行:史太森是帽子的商标名,这种帽子当时很流行,这里用来指任何一个穿着漂亮的普通人。

麦来,地名。纪元前二百年罗马与迦太基曾在此进行海战。主人公招呼过路的朋友似应提及他们在第一次世界大战中的共同经历,而此处却提了这次古代战争;这种时间上的颠倒表示古代战争和现代战争毫无二致,都是毫无意义的。

第七十四行:作者自注:"参见韦伯斯特(英国十七世纪剧作家)《白魔鬼》里的《葬歌》:

'唤来那些鹪鹩和知更,

因为它们在林丛间飞翔,

并且把花朵和叶子盖上

那无亲无友的暴露的尸身。

>再把田鼠、鼹鼠和蚂蚁
>
>唤来参加哀悼他的葬礼,
>
>给他筑起小山,保他温暖,
>
>而且招惹不了盗墓的危险。
>
>但千万把狼撑开,那是人类之敌,
>
>不然它的爪子会把他们再掘起。'"

本诗在引用后两句时,把狼换为犬(Dog),这个字有两个含义,既指狗(人类之友)也指犬星座,传说这是使尼罗河两岸肥沃的星座,在这个意义上它也是"人类之友"。

第七十六行:原诗为法文。作者自注:"此行引自法国诗人波德莱尔的《恶之花》序诗。"按波德莱尔的诗句指出,厌倦一切是城市中人的通病,作者也不例外。这里用直接向读者招呼的方法,作者将自己和读者都戏剧性地牵涉进荒原里来。

第七十七行:作者原注:"参见莎士比亚的《安东尼与克柳巴》第二幕一景一百九十行。"莎士比亚原句如下:

>"她所坐的大船,像发亮的宝座
>
>在水上放光。"

第九十七行:"田园景色",作者原注:"这一词引自弥尔顿的《失乐园》第四章一百九十行。"该行中用这一词描写伊甸乐园的山头。

第九十九行:"菲罗美的变形",见罗马诗人奥维德(公元前

43—公元18)的《变形记》。那里说,粗暴的国王特鲁阿斯去接妻妹菲罗美,见她美丽,便在山洞中强奸了她,并把她关在里面不许出来。他回去告知妻子普洛克尼,假称她妹妹已死。菲罗美把自己伤心的故事织成一幅锦绣,托人带给姐姐。普洛克尼一怒把儿子杀死给特鲁阿斯吃,特鲁阿斯知道这事后,便拔刀追杀姊妹二人,她们变成鸟飞去。菲罗美变成夜莺,她姐姐变成燕子。

第一百零三行:"唧格,唧格",英国十七世纪伊丽莎白时代的文学中常用这种声音形容夜莺的歌唱。它同时也是带有猥亵意义的俚语。

第一百一十八行:作者原注:"参见韦伯斯特《魔鬼的公案》:'风还在那门下么?'"按这句话是剧中一位医生看到一位被谋杀的人还在呼吸时问出的。

第一百二十八行:作者这里说的是一首一九一二年风行于英国的爵士乐曲。"莎士比亚"拼成"莎士比希亚"是为了符合爵士乐的节奏。

第一百三十七行:据艾略特注,此处参看英国十七世纪戏剧家米突顿的戏《女人,要当心女人呀》。在这出戏里,邻妇约一个寡妇来下棋,是为了留下她的儿媳在家被公爵诱奸。该戏在下棋的攻守中也暗示出诱奸的情况。

第一百四十一行:这是英国酒馆伙计在要关门时催顾客走的呼唤。

第一百七十二行:这一行引自莎士比亚的悲剧《哈姆雷特》四

幕五景。因父亲被杀而悲哀发疯的少女奥菲利亚，在唱完她悲凄的歌后，和室中人一一告别。她和菲罗美一样，化悲痛为歌声。这里把她的告别辞和酒馆顾客们彼此间的告别讥讽地合在一起了。

第一百七十六行：这一行引自英国十六世纪诗人斯本塞的《结婚曲》。那里形容了泰晤士河的快乐景象。这一行是斯本塞原诗每一段的叠唱词。

第一百八十二行：莱蒙湖在瑞士日内瓦。圣经中《诗篇》一三七歌有类似的话，那是被囚在巴比伦的人因想念耶路撒冷的圣山而坐在河边哭泣。现代荒原上的人也正是被囚禁的人。

第一百九十一行：艾略特注："参见莎士比亚《暴风雨》一幕二景。"其中菲迪南王子在听到阿瑞尔的歌后，说道：

"这音乐在哪里？地上还是空中？
它没声音了。它准是在等候
给岛上的神听。坐在岸上，
再次哭泣我父王的沉舟时，
这音乐在水上从我身边流去……"

第一百九十六行：作者自注："参见马威尔（Andrew Marvell，1621—1678）的《给他忸怩的女郎》。"诗中有这几行：

"然而在我的背后我总听见
时间的有翼车驾飞驰近前，

> 而远方我们所能看到的
>
> 只是巨大的永恒底荒原。"

第一百九十七行:作者自注:"参见台(John Day)的《蜜蜂的议会》:

> '突然间,你留神就会听见
>
> 号角和行猎的闹声,那将带来
>
> 阿克塔恩在春天里会见狄安娜,
>
> 那时谁都会看见她赤身露体……'"

阿克塔恩是猎人,因为看见贞洁女神狄安娜沐浴而被变为鹿,又被自己的猎犬咬死。在这里,阿克塔恩变为斯温尼,狄安娜变为不贞洁的鲍特太太。

第一百九十九行:作者自注:"我不知道这几行所来自的民歌源出何处,它是有人从澳大利亚悉尼市告知我的。"

第二百零二行:原诗为法文,引自法国诗人魏尔伦(P. Verlaine,1844—1896)的《帕西法尔》。帕西法尔的故事是圣杯故事之一。在瓦格纳同名的歌剧里,帕西法尔找到圣杯并治愈安弗塔斯(渔王)以前,在圣杯教堂里先有童男女歌唱颂扬耶稣。

第二百零四行:参见第一百零三行。

第二百零五行:参见第九十九至一百行。这里暗示斯温尼和鲍特太太的关系。

第二百零六行:"特鲁"模拟夜莺的叫声,暗示奸污菲罗美的特鲁阿斯王。

第二百零七行:参见第六十行。

第二百零九行:斯莫纳是土耳其西部一海港,那里生产葡萄干。艾略特曾说过这是真事,他确是遇见过这么一位商人。

第二百一十一行:"托运伦敦免费",指葡萄干的标价,在运去伦敦时是运费和保险费不计价的。"见款即交的提单"指见票即付的支票付款后,提货单即交予买主。

第二百一十四行:大都会是游览城市布里敦的豪华旅馆。布里敦离伦敦六十英里。

第二百一十八行:提瑞西士,古希腊的盲先知。悲剧家索福克勒斯在《俄狄浦斯王》剧中曾写到他。当底比斯的土地受到诅咒(另一个类似的荒原),是提瑞西士找到了诅咒的原因。他有着"干瘪的女性的乳房",是指:传说他被神变为女性,七年后又变为男人。他看到"在这沙发式床上演出的一切",一种繁殖行为变为没有意义的行为了。艾略特注解说:"提瑞西士虽然只是旁观者而非'角色',却是本诗中最重要的人物,他结合了其他一切人物。正如独眼商人、葡萄干推销员,都融入腓尼基的水手,而这水手又和那不勒斯的菲迪南王子(莎士比亚《暴风雨》中的角色)无大差别。同样,一切女人都是一个女人,而这两性又都汇合在提瑞西士身上。提瑞西士所见的,事实上就是本诗的主体。"

第二百二十一行：作者自注说他写这一行时想到了"港岸边"或驾渔舟黄昏时返回的情景。这一行近似古希腊女诗人莎弗的诗："金星呵，你把灿烂的黎明散开的一切聚回来；你把绵羊、山羊和孩子带到母亲跟前。"这一行也使人想起斯蒂文森（Robert Louis Sterenson）的《镇魂曲》诗中的句子：

"水手回了家从海上而来"。

第二百三十四行：勃莱弗（Bradford），英国北部的工业城市。那里多大战中投机致富的暴发户。

第二百四十五行：他曾在底比斯城墙边的市场上，预言俄狄浦斯王的悲惨下场，见索福克勒斯悲剧《俄狄浦斯王》。

第二百四十六行：作者自注："在荷马史诗《奥德赛》中，奥德赛曾在阴间见到提瑞西士。"

第二百五十三行：作者自注："参见哥尔斯密斯（英国十八世纪作家）《威克菲尔牧师》中被引诱的奥利维娅的歌。"按歌中说：

"当美人儿做了失足的蠢事，
发现男人的负心已经晚了，
什么魔符才能使她消愁，
怎样才能把她的污点洗掉？

唯一的妙法既为她文饰，

> 又在众目下使她躲过羞耻,
> 还能为她的恋人带来悔恨,
> 绞得他心疼——那就是,去死!"

第二百五十七行:引自《暴风雨》一幕二景。见第一百九十一行注。

第二百五十八行:河滨大街是伦敦的商业中心。维多利亚街联接金融城和维多利亚码头。

第二百六十行:下泰晤士街和伦敦的鱼市并列。

第二百六十四行:作者自注:殉道堂的内部装饰,据我看是任(Sir Christopher Wren,1632—1723)的内部装饰杰作之一,教堂建于一六七六年。

第二百六十六至三百零六行:这以下是泰晤士河三女儿之歌,仿照了瓦格纳的歌剧《神的末日》(Gotter dämmerung)中莱茵河女儿之歌。莱茵河的仙女因为莱茵河里的黄金宝藏而欢快,后来因它被盗而哀诉;同样,泰晤士的女儿先是歌唱泰晤士河曾有过的欢畅,自二百九十六至三百零六行则歌唱它遭到的损害。

"喂呵啦啦,咧呀"等是莱茵女儿的叠唱声。(从二百九十二至三百零六行她们三人各唱一段。)

第二百七十六行:犬岛,伦敦东部由于泰晤士河道弯转而形成的一个半岛。

第二百七十九行:莱斯特是十七世纪英国女皇伊丽莎白的宠

幸。据记载,女皇曾和他在游艇上调笑。莱斯特甚至说如女皇愿意,他们很可以结婚。

第二百九十三行:海倍里在伦敦北部近郊,瑞曲蒙和克尤,在泰晤士河西段上,是人们喜欢去划船的地方。这一整句话仿但丁《炼狱》篇中类似的一句:"西阿纳生我,毁我的是马瑞马。"

第二百九十六行:摩尔门是伦敦市内金融城的贫民窟。

第三百行:马尔门是泰晤士河口的游览地。

第三百零七行:作者自注:"引自中世纪主教圣·奥古斯丁的《忏悔录》:

'于是我来到迦太基,那里有一锅淫乱的爱情在我耳边歌唱。'"

第三百零八行:引自释迦牟尼的"火的说教"。由下列片段可见其梗概:"僧众呵,一切事物在燃烧。……僧众呵,眼睛在燃烧;可见之物在燃烧……我对你们宣告,它为情欲之火所燃烧,为愤怒之火所燃烧……耳在燃烧……舌在燃烧……"

第三百零九行:作者自注:"仍引用奥古斯丁的《忏悔录》。把东方和西方的禁欲主义的两个代表并列在这里作为本诗这一章的顶点,并不是偶然的。"扶里巴斯要淹死在水里,已由第一章里的命相家索索斯垂丝夫人预言过。这几行基本上是艾略特早年的一首法文诗《在饭店内》结尾的译文。对这一章在全诗中的作用,评论家有不同的看法,有的认为他的死是为了重生,如同代表繁殖的神那样;另外的人则认为他的死意味着灭绝,并没有重生的希望。

第三百二十八行:指耶稣在客西马尼园(Gethsemane)中被捉、囚禁、受审和遇难。

第三百五十七行:作者自注,说这是他在加拿大魁北克看见的一种画眉鸟,并且引用一本讲鸟的书说,它似流水声的歌唱是值得赞赏的。

第三百六十七至三百七十七行:作者自注:引海尔曼·赫司(Hermann Hesse,1872—1962)《混乱一瞥》(1920)中的一段:"欧洲的一半,至少东欧的一半,已经走向混乱,沉醉于神圣的疯狂,沿着悬崖的边缘前进,如同德米特里·卡拉马佐夫(指陀思妥耶夫斯基小说中人物——译注)那样唱着醉酒的圣歌。震惊的资产阶级嘲笑这些歌;圣人和先知则流着泪听。""慈母悲伤的低诉"指悲悼耶稣的妇女,也可能指为其他繁殖神的死亡而哭泣的妇女。

第五章:作者自注:"在第五章的第一部分里使用了三个主题:即赴以马忤斯的旅程,到'凶险的教堂'(见韦斯顿的书)和东欧目前的衰败。"

第三百六十八行:自此以下几行,可参见艾略特的《家族的重聚》:"在人群密集的沙漠中突然的孤独/许多人在浓烟中移动/没有方向,因为没有任何方向/能引到任何地方,而只有围着烟雾团团转。"

第三百七十八行:这里就是本文所引《传道书》第四章中的

"唱歌的女子"。

第三百八十行:紫色是礼拜式上用以代表忏悔的。参看220行和373行。

第三百八十八行:此处的教堂指"凶险的教堂"。在寻求圣杯的传说里,骑士要经过一座凶险的教堂,好比但丁《神曲》中的炼狱,经此而达到生命的顶峰。

第三百九十二行:据信公鸡是驱邪的。

第三百九十八行:喜马万山即喜马拉雅山脉。

第四百零二、四百一十二、四百一十九行:"哒嗒""哒亚德万""哒密阿塔",这是取自梵文经典《优波尼沙土》的三个字,意即"给予""同情""节制"。

第四百零八行:作者自注:"参看英国剧作家韦伯斯特的《白魔鬼》五幕六景:

'……他们会再结婚

在蛆钻出你的尸衣以前,在蜘蛛

为你的墓碑结一层薄幕以前。'"

第四百一十二行:作者自注:"见但丁《地狱篇》三十三章四十六行,又参见布莱得雷(F. H. Bradley)的《表相与实体》一书如下一段:'我的外部感觉正如我的思想感情,同样是我自己的。在任一情况下,我的经验都不出我自己的圈子,这圈子对外界是闭绝的;而且,其自身内的一切因素既相同,每个圆体对环绕的其他圆体都是不透明的……简言之,作为出现在一个灵魂中的存在,整个世界对那个灵魂说就是私有的,它对每人说都是特殊的.'"

第四百一十七行:考瑞雷纳斯是莎士比亚同名戏剧中的英雄人物,以骄傲和盛气凌人而致失败。

第四百二十五行:作者原注:"见魏士登:《从祭仪到罗曼斯》有关渔王的一章。"

第四百二十七行:这是一首流行的英国民歌的第一行。

第四百二十八行:见但丁《炼狱》二十六第一百四十八行。

第四百二十九行:燕子是夏天的鸟。菲罗美的姐姐普洛克尼即被变为燕子。参见一百行。

第四百三十行:作者原注:"见奈尔法尔(Gérard de Nerval, 1808—1855)的十四行诗《不幸的人》。"在诗中,诗人自比在塌毁的楼阁中的阿基坦王子。

# 空虚的人们

*给老盖一个便士*①

## 1

我们是空虚的人

我们是填塞起来的人

靠在一起

头里填满了干草。唉!

我们干燥的声音

当我们低语在一起

是静悄而无意义的

---

① 每年十一月五日,英国儿童都要烧盖·福克斯的模拟像,他于一六〇五年曾打算炸毁议会大厦。在烧像之前,儿童们扛着像,说着"给老盖一个便士",以讨钱置花炮。

好像风吹过干草

或老鼠脚在碎玻璃上跑

在我们的干地下室里

形状而无格式,阴影而无颜色

麻痹了的力量,姿态而无动作

那些以直视的眼睛

越过这里而到死之另一王国的人

请记着我们——假使还记着的话

不是失迷的激狂的灵魂

而只是空虚的人

填塞起来的人

## 2

我在梦中不敢遇见的眼,

在死之梦的王国里

这些眼不会出现:

在那儿,眼睛是

阳光在断石柱上

在那儿,一棵树在摆晃
而人声是
风的歌唱
更迢遥,更端庄
比一颗消逝的星

让我不要更接近
在死之梦的王国里
让我也还穿着
一种有意义的伪装
老鼠皮,乌鸦皮,交叉的木杖
在一片田地
让我像风一样行事
别更接近——

不要那最后的相遇
在昏黄的王国里

3

这是死的土地

这是仙人掌的土地
在这里,石头的偶像
被树起,他们承受着
一个死人的手的恳求
在一颗消逝的星的闪耀下。

是否就是这样
在死之另一王国里
独自醒来
在那一刻,当我们是
充满柔情而颤栗
那愿意接吻的唇
向破碎的石头发出祷告。

4

眼睛不在这里
这里没有眼
在这消逝的星星的谷里
呵,这空虚的谷
是我们失去的王国的碎腭

在这最后一个遇合的地方
我们一起摸索
而且避免语言
在这潮湿的河岸上聚起来

没有视觉,除非是
眼睛重又出现
作为死之黄昏的王国里
多叶的玫瑰的
一颗永恒的星
这是空虚的人们
唯一的希望。

5

这儿我们绕着多刺的梨树走
多刺的梨树呵多刺的梨树
这儿我们绕着多刺的梨树走
在清早五点钟

在概念

和现实之间

在动力

和行为之间

落下了阴影

**因为工国是你的**

在孕育

和创造之间

在情感

和反应之间

落下了阴影

**生命是太久了**

在欲望

和痉挛之间

在潜力

和存在之间

在本质

和降临之间

落下了阴影

**因为王国是你的**

因为你的是
生命是
因为你的是

正是如此,世界结束了
正是如此,世界结束了
不是砰地一响,而是带着低泣。

(1925)

## 灰星期三节①

（选一首）

因为我不希望再转动
因为我不希望
因为我不希望转动
企求这些人的赠与和那些人的富裕
我不再努力去争取这些事情
（为什么老鹰还要展开翅膀？）
为什么我要哀伤
那日常的王朝的消失的权柄？

---

① "灰星期三"是复活节前基督教四十天大斋期的第一天。这一天在教堂礼拜时，牧师在教众额上用灰画一十字，并且向他说：他不过是灰尘，终究也将化为灰尘。在《创世记》中，上帝也向亚当说过类似的话（三章，十九节）。

因为我不希望再知道
那有作为的一刻的脆弱的荣耀
因为我不去想
因为我知道我将不会知道
那一个真正的暂刻的权柄
因为我不能到那儿去啜饮
尽管树在开花,泉水在流,因为一切都不再有,
因为我知道时间总是时间
地方总是而且只是地方
所谓真实的只在某个时间
并只在某个地方是真实的
我高兴事情是现在这样
我弃绝圣者的脸
我弃绝真理之声
因为我不能希望再转动
因此我欢欣于建立某些结构
以便在那上面欢欣

祈求上帝给我们仁慈吧
我祈求让我忘记
这些使我对自己讨论得太多

解释得太多的事体
因为我不希望再转动
就让这些话来回答
那已做过和不再做的一切吧
愿审判我们不要过重

因为这些翅膀不再是飞翔之翼
只不过用来拍击空气
这空气而今完全变小和干枯
比意志更小更干枯
教给我们关心和不关心
教给我静止坐着。

为我们罪人祈祷吧！在此刻和死时
为我们祈祷吧，在此刻和死时

(1930)

# W. H. 奥登(1907—1973)

## 在战争时期

——十四行诗组,附《诗解释》

### 1

从岁月的推移中洒落下种种才赋,
芸芸众生立刻各分一份奔进生活:
蜜蜂拿到了那构成蜂窠的政治,
鱼作为鱼而游泳,桃作为桃而结果。

他们一出手去尝试就要成功了,
诞生一刻是他们仅有的大学时期,
他们满足于自己早熟的知识,
他们安守本分,永远正确无疑。

直到最后来了一个稚气的家伙，
岁月能在他身上形成任何特色，
使他轻易地变为豹子或白鸽；

一丝轻风都能使他动摇和更改，
他追寻真理，可是不断地弄错，
他羡慕少数的朋友，并择其所爱。

2

他们不明白那为什么是禁果。它没有
教什么新知识。他们藏起了自傲感，
但在受责备时并不肯听取什么，
并确切地知道在外面该怎么来。

他们离去了：立刻，过去所学的一切
都从记忆里隐退；现在，他们不再能
理解那些一向帮助过他们的狗，
那常和他们策谋的溪水哑然无声。

他们哭泣,争吵:自由真是奔放不羁
在前面,"成熟",当儿童向上攀登的时候,
却像地平线从他们眼前退避。

危险增加了,惩罚也日渐严刻;
而回头路已由天使们把守住,
不准诗人和立法者通过。

## 3

只有嗅觉能有感情让人知道,
只有眼睛能把一个方向指出;
泉水的说教本身是孤立的;飞鸟
并无意义,只有谁把它作为食物

猎取和命名,它便成了谁的投影。
他在喉咙里感到兴趣,并且发现,
他能够派他的仆人去到树林中,
或仅以声音吻得他的新娘狂欢。

它们繁殖得像蝗虫,遮盖了绿色

和世界的边沿:他感到沮丧,因为
他终于被他创造的一切所支配;

对他没见过的事物他恨得发火,
他懂得爱,却没有爱的适当对象,
他感到的压迫远远超过了以往。

4

他留下来,于是被囚禁于"占有"中。
四季像卫兵一样守卫他的习性,
山峰为他选择他孩子的母亲,
像一颗良心,太阳统治着他的日程。

在远方,城市里他年轻的弟兄
过着他们高速度的反常的生涯,
他们无所信仰,却很悠游自在,
对待外乡人像对待一匹爱马。

而他的变化不多,
他只从土地获得他的色泽,

而且长得越来越像他的牛羊。

城里人认为他吝啬、单纯而土气,
诗人哭了,在他身上看到真理,
压迫者则把他奉为一个榜样。

## 5

他的举止大方是一个新发明:
因为生活是迂缓的,大地需要豪放,
他便以骏马和刀吸引少女的注目,
他成了富豪、慷慨和无畏的榜样。

对于年轻人,他来得有如救星,
他们需要他以摆脱母亲的牢笼,
从长途的迁移中他们变得机智,
在他的营火旁看到人人是弟兄。

但大地突然变了:人们不再需要他。
他成了寒酸和神经错乱的人,
他开始饮酒,以鼓起勇气去谋杀;

或者坐在办公室里偷窃,
变成了法律和秩序的赞颂者,
并且以整个的心憎恨生活。

## 6

他观察星象,注意雁群的飞翔,
江河的泛滥或帝国的覆没,
他作过预言,有时尚能应验,
只要幸而言中,报酬倒很不错。

在认识真理前,他就爱上真理,
于是一马冲进了幻想之邦,
意欲以孤独和斋戒向她求爱,
并嘲笑那以手侍奉她的情郎。

然而真理——他绝无意去蔑视她,
他总在倾听她的声音;而当她
朝他召唤时,他就俯首听命,

跟着她走去,并注视她的眼睛;
其中看到人的一切弱点的反映,
也看到自己和别人没有两样。

7

他是他们的仆人——有人说他是瞎的——
并且在他们的面容和财物间服役;
他们的感情集中于他像一阵风
发出歌唱:他们便叫道:"歌者是上帝。"

于是崇拜他,并把他另眼看待,
这使他虚荣起来,终于变得狂妄:
竟把他的心和脑对每件内部的暴政
所发的小小颤抖都错认是歌唱。

歌声不再来了:他不得不制造它。
他是多么精心构制着每节歌曲!
他拥抱他的悲哀像一块田地,

并且像一个杀人凶手过闹市;

他注视着人群只引起他的厌腻,
但若有人皱眉而过,他就会战栗。

8

他把他的领域变为一个汇合点,
并且培养出一只宽容的冷眼,
又形成兑换钱币者的灵活面容,
从而找到了平等的概念。

对他的时钟说,陌生人都是兄弟,
他以他的楼塔构成人的天空;
博物馆像箱子贮藏着他的学识,
报纸像密探把他的钱跟踪。

它增长得太快了,布满他的生活,
以至他忘了一度要挣钱的意图,
他凑到人群里只感到孤独。

他过得豪奢,没有钱也应付得了,
却不能找到他为之付款的泥土,

虽知到处是爱,他却无法感到。

9

他们死了,像尼姑进入关闭的生活,
连最穷的都失掉些什么;迫害
不再是事实;自我中心的人们
采取一种甚至更极端的姿态。

那些类似王者和圣徒的人
也分布到远洋外和树林里,
他们到处触及我们公开的悲哀,
空气,江河,地域,我们的性别和道理;

当我们选择时,就以这些为营养。
我们带回他们,答应把他们解放,
可是既然我们不断地背叛他们,

从我们的声音中,他们听到他们的
死亡的哀悼,但从我们的知识中知道
我们能恢复他们自由,他们将欢笑。

10

他幼年时能受到最智慧的人宠爱,
他感到和他们熟稔得像夫妻一般,
穷苦人把积存的分文都拿给他,
殉道者则把生命当作礼物奉献。

然而谁能够坐下来整天和他玩耍?
还有其他迫切的需求:工作和床;
于是他们建立了美丽的岩石宫殿,
把他留在那儿去受膜拜和宴飨,

但是他跑了。他们竟盲目得不知道
他来这里是为了和他们一起劳作,
一起谈话和成长,有如一个邻舍。

那些宫殿成了恐惧和贪婪的中心;
穷人在那里看到了暴君的城堡,
而殉道者看到重现的刽子手的面貌。

11

他从他的宝座上,以深邃的智慧
俯视着那看守羊群的卑微少年,
并派遣一只鸽子;鸽子独自飞回。
那少年虽爱这乐调,却很快就困倦。

但他为少年规划了远大的前程:
现在,当然,他的责任是要强迫;
因为以后少年将会爱上真理,
并且知道该感激谁。于是鹰降落。

这却不成功:他的谈话很腻人,
使少年听得打呵欠,呼哨,做鬼脸,
终于从严父般的拥抱中挣脱了身;

但少年却愿意随着鹰的指引
走到任何地方去;他崇拜它
并从它学到许多杀戮的门径。

## 12

一个时代结束了,那最后的救世主
懒散不欢而寿终正寝;他们感到轻松:
那巨人的人腿肚不再在黄昏时分
突然投下影子在那户外的草坪。

他们平静地睡着;当然,在沼泽地带
随处都有不传种的龙在奄奄待毙。
但不过一年,野径就在荒原上消失了,
山中精灵的敲山声也归于沉寂。

只有雕刻家和诗人有一些忧伤,
还有魔术团里精明的一班人马
也埋怨地走开了。那被击溃的力量

却喜了自己化为无形而自由活动;
它冷酷地把迷途走来的男儿击倒,
奸污着女儿们,并把父辈逼得发疯。

13

当然要歌颂:让歌声一再扬起
歌唱那在古瓶或脸上的生命,
歌颂那植物般的耐性,动物般的优美,
有些人快乐过,曾经诞生过伟人。

但听听早晨底伤痛的哭泣,你就明白:
城市和人纷纷沉落;不义者的意愿
从没有丧失威力;而一切王子仍旧
必须使用相当高贵的团结的谎言。

历史用它的悲哀来对抗我们的高歌,
"乐土"从未有过;我们的星只暖育出
一个尚未证明其价值的有希望的民族;

快速的新西方落了空;巨大,然而错误
这默默的花一般的人民已经很久
在这十八个行省里建设着地球。

## 14

是的,我们要受难,就在此刻;
天空像高烧的前额在悸动,痛苦
是真实的;探照灯突然显示了
一些小小的自然将使我们痛哭。

我们从来不相信它们会存在,
至少不存在我们这里。它们突地
像丑恶的、久已忘却的记忆涌来,
所有的炮像良心一样都在抗击。

在每个爱社交、爱家庭的眼睛后
一场私卜的屠杀在进行摧毁
一切妇女,犹太人,富翁和人类。

山峦审判不了我们,若我们说了谎。
我们是地面的居民;大地听从着
智慧的邪恶者直到他们死亡。

## 15

引擎载运他们横越天空,
他们自由而孤立得有如富豪;
又像学者般淡漠,他们只能
把这呼吸的城市当作需要

他们施展技能的目标,而从未想到
飞行是由他们憎恨的思想产生,
更没有看到他们自己的飞机
总是想推进到生命的领域中。

他们选择的命运并不是他们的岛
所强加的。尽管大地教给了我们
适当的纪律,但任何时候都可能

背离自由而使自己受到束缚,
有如女继承人在母亲的子宫里,
并像穷人的处境那样孤苦无依。

16

这儿战争像纪念碑一样单纯:
一个电话机在对一个人讲话;
地图插着小旗说明已派去军队;
一个仆役端进牛奶。有一个规划

专为让活人恐惧生活而制定:
该中午渴的,却在九点就渴了,
还能既失踪又存在,想念着妻子,
而且,和观念不同,能过早地死掉。

但人虽死了,观念可能是对的,
我们能看到成千个面孔
为一个谎言所燃烧和鼓动,

而地图真能指出一些地方,
那儿的生活如今十分不幸:
南京,达豪集中营。

## 17

他们存在,受苦,不过如此而已。
一条绷带掩盖着每人活力之所在;
他们对于世界的知识只限于
器械以各种方式给他们的对待。

他们各自躺着,彼此相隔如世纪;
真理对他们来说,就是能受多少苦;
他们忍住的不是我们的空谈,而是呻吟,
他们遥远如植物,我们是站在他处。

因为,谁在健康时能成为一只脚?
连一点擦伤,只要一旦治好了,
我们就忘却,但只喧腾一会儿,

并相信那不受伤者的共同世界,
而不能想象孤独。唯有幸福能分享,
愤怒也可以,还有那爱之思想。

18

他被使用在远离文化中心的地方,
又被他的将军和他的虱子所遗弃,
于是在一件棉袄里他闭上眼睛
而离开人世。人家不会把他提起。

当这场战役被整理成书的时候,
没有重要的知识在他的头壳里丧失。
他的玩笑是陈腐的,他沉闷如战时,
他的名字和模样都将永远消逝。

他不知善,不择善,却教育了我们,
并且像逗点一样加添上意义;
他在中国变为尘土,以便在他日

我们的女儿得以热爱这人间,
不再为狗所凌辱;也为了使有山、
有水、有房屋的地方,也能有人烟。

## 19

然而在晚间,重压之感消失了,
下过了一阵雨,顶峰聚向焦点;
在草坪和培植的花朵上飘浮过
有高度教养的人士的会议。

园丁们见他们走过,估计那鞋价;
一个汽车夫在车道上拿着书本瞧,
等待他们把要交换的意见说完;
看来这正是一幅私生活的写照。

在远方不管他们如何蓄意为善,
军队拿着一切制造痛苦的器械
正等待着他们一句失误的语言;

一切有赖于他们迷人的举止:
这年轻人遍遭杀害的一片焦土,
这些哭泣的妇女和惶恐的城市。

## 20

他们携带恐怖像怀着一个钱包,
又畏惧地平线仿佛它是一门炮,
所有的河流和铁路像逃避诅咒,
都从近邻的情谊向各方逃跑。

他们紧紧拥聚在这新的灾祸中,
像刚入学的儿童,轮流地哭叫;
因为空间有些规则他们学不会,
时间讲的语言他们也掌握不了。

我们活在这里,在"现在"的未打开的
悲哀中;它的范围就是我们的内容。
是否囚人应该宽恕他的囚居,

是否未来的时代能远远逃避开
但仍感到它源于每件发生过的事情,
甚至源于我们?甚至觉得这也不坏?

## 21

人的一生从没有彻底完成过,
豪迈和闲谈将会继续存在;
但是,有如艺术家感到才尽,
这些人行走世间,自知已经失败。

有些人既难忍,又驯服不了青年,
不禁悼念那曾治世的受了伤的神话,
有些人失去了他们从未理解的世界,
有些人很清楚人一生应受的惩罚。

"丧失"是他们的影子和妻子,"焦虑"
像一个大饭店接待他们,但只要
他们有所悔恨,那也是无可规避;

他们的一生就是听禁城的召唤,
看陌生人注视他们,愉快而好奇,
而"自由"则在每家每棵树上为敌。

## 22

单纯得像一切称心的梦呓,
他们使用心灵幼稚的语言
告诉臂力需要欢乐;那些临死的
和即将告别的情人把话听完

必然呼哨起来。他们从不过时,
而反映着我们处境的每一变化,
他们是我们一切行动的证据,
他们直接和我们的迷惘对话。

试想今年在台上的人最喜欢什么:
当奥地利灭亡,中国已被遗弃,
当上海在燃烧,特鲁埃失而复得,

法国向全世界申诉她的立场:
"到处都有欢乐。"美国向地球说:
"你是否爱我像我爱你一样?"

## 23

当通讯的一切工具和手段
都证实我们的敌人的胜利;
我们的堡垒被突破,大军已后撤,
暴力流行好似一场新的瘟疫,

而虐政这个魔术师到处受欢迎;
当我们懊悔何必出生的时候,
让我们记起所有似乎被遗弃的。
今晚在中国,让我想着一个朋友:

他默默工作和等待了十年,①
直到他的一切才能体现于米索,②
于是一举把他的整个奉献,

---

①② "他默默工作和等待了十年",指的奥地利诗人莱纳·马利亚·里尔克(1875—1926)。米索在瑞士,是一座别墅,里尔克于一九二二年在那里写成了他的后期代表作之一《杜伊诺哀歌》。本诗最后两行中的意象是作者自己描写当时心情时使用的。

怀着完成者的感激之情,
他在冬夜里走出,像一个巨兽,
去抚摸了那小小的钟楼。

24

不,不是他们的名字,而是后继者
建造了每条强制的大道和广场,
以便使人只能够回忆和惊讶;
是真正孤独的,负有罪疚在心上,

而要一切永远如此继续下去:
不被爱的总得留下物质遗迹。
但前者要的只是我们的好脸色,
并定居其中,知道我们将不会记起

我们是什么人,或我们为何被需要。
土地滋生他们有如海湾滋生渔夫,
或山坡滋生牧人;他们结子而成熟。

那种子附着我们,甚至我们的血

都能使他们复活;他们又成长起来,
抱着对花和潮的愿望,温和而愉快。

## 25

没有恩赐:我们得寻找自己的法律。
巨厦在阳光下互相争夺着统治;
在它们背后,像一片悲惨的植物
蔓延着穷人矮小的萎缩的房子。

没有任何命运指定给我们,
除了这身体,一切都不确定;
我们计划改善自己;唯有医院
使我们想到人的平等。

这里确实爱孩子,甚至警察也如此;
孩子体现着大人变为孤独
以前的年代,而且也将迷途。

只有公园里军乐咚咚的震响,
预告着未来的安乐的王朝。

我们学会了怜悯和反抗。

26

总是在远离我们的名字的中心
是那小小的爱情工厂:是的,但我们
关于古代的庄园,久已抛弃的愚蠢
和儿童的游戏又想得如何天真。

只有贪利的人才预见一种奇特的
不能销售的产品,一种能迎合
风雅少年的什物;只有自私的人
才把每个不实际的乞丐看做圣者。

我们不相信是我们自己设计了它,
它是我们雄伟计划的一个枝节,
不费什么事,我们并没有注意它。

灾祸来了,于是我们惊异地发现
自工厂开工后,它是唯一的设计
在整个循环中呈现持续的盈利。

27

游荡和失迷在我们选择的山峦中,
我们一再叹息,思念着古代的南方,
思念着那温暖赤裸的时代,本能的平衡,
和天真无邪的嘴对幸福的品尝。

睡在茅屋中,呵,我们是如何梦想着
参加未来的光荣舞会;每个曲折的迷途
都有个规划,而心的熟练的动作
能永远永远跟踪它无害的道路。

我们羡慕那些确切的溪水和房舍,
但我们已订约要给"错误"做学徒,
从没有像大门那样安详而赤裸,

也永不能像泉水那样完美无缺;
我们为需要所迫,生活在自由中,
是一族山民卜居在重叠的山峰。

# 诗 解 释

季节合法地继承垂死的季节；
星体在太阳的广大和平的翼护下
继续着他们的运行；灿烂的银河

永远无阻地旋转，像一个大饼干：
被他的机器和夏日花朵围绕的人
在他的小地球上，渺小的他却在思考

整个宇宙，他就是它的法官和受害者，
这一奇怪角落的珍异生物在注视
使它的族类和真理都微不足道的

各条巨大的轨道。前脑的发育确是有功：
人不像酸浆、介或蜮消失在一湾死水，

他没有像巨型的蜥蜴一样灭亡。

他的软虫一般无骨的祖先会惊愕于
他直立的地位,乳房,和四心室的心,
这都是在母亲荫蔽下秘密的进化。

"活着就很好",命定者说,"尽管活得悲惨",
而从关闭的父母圈子走出的年轻人,
对他的不肯定、肯定的年代提出了

无限的焦虑和辛劳的时间表,
但他们只感到初获得自由的欢欣,
只感到新的拥抱和公开谈论的快乐。

但生存和哭泣的自由从不能令人满足;
风围绕我们的悲伤,无遮的天空
是我们一切失败的严肃而沉默的见证。

这里也一样:这个幽默而少毛的民族
像谷子一样继承着这许多山谷,
塔里木抚育他们,西藏是屏障他们的巨石,

在黄河改道的地方,他们学会了怎样
生活得美好,尽管常常受着毁灭的威胁。
多少世纪他们恐惧地望着北方的隘口,

但如今必须转身并聚拢得像一只拳头,
迎击那来自海上的残暴,敌人的纸房子
表明他们源起于一些珊瑚岛屿;

他们甚至对自己也不给予人的自由,
而是处于孤僻的暴君对大地的幻梦中
在他们猩红的旗帜下被静静地麻痹着。

在这里,危险促成了一种国内的妥协,
内部的仇恨已化为共同面向这个外敌,
御敌的意志滋长得像兴起的城市。

因为侵略者像法官似的坚决而公正,
在乡村的小径,从每个城市的天空
他的愤怒既爆发给富人,也爆发给

那居住在贫穷之裂缝里的一切人,
既对那回顾一生都是艰辛的,也对那
天真而短命的,其梦想产生不了子孙的。

当我们在一个未受损害的国际地区,
把我们欧洲人的影子投在上海,
安全地行经银行间,显然超脱世外,

在一个贪婪社会的种种碑记下,伴着友人,
兼有书和钱和旅客的自由,我们却
被迫意识到我们的避难所是假的。

因为这使虹口变为一片恐怖和死寂,
使闸北变为哀嚎的荒原的物质竞争
只是一场大斗争的本地区的变种;

这场大斗争已经席卷了一切人们:
老的,少的,多情的,多思的,手巧的,
还包括那些认为感情是一种科学的,

那些把研究一切可增添和比较的

当做毕生之乐的,和那些头脑空旷得
像八月的学校的,那些强烈要求行动

以致连念一个字都不安地低语的,
一切在城市、荒漠、海船、港口房舍的,
那些在图书馆发现异邦人的往事的,

那些在一张床上创造自己的未来的,
各怀自己的财宝在笑声和酒杯中
自信的,或像水老鸦般发呆和孤独的,

都已使他们的全部生活深深卷入。
这只是一个战区,一个阶段的运动,
而那总体战是在死者和未生者之间,

在真实和伪装之间进行。对那从事创造、
传达和选择,并且唯有他意识到"不完美"的
稀见的动物,这战争在本质上是永恒的。

当我们从幽室里出来,在劳丰饮冰室的
温暖的阳光下眨着眼睛,想到大自然

确是人类的忠诚可喜的近亲,

就在这时候,在每一块土地上
敌对的人们对峙着,原来我们早已
深入到发生伤亡的地域以内。

如今世界上已没有区域性的事件,
没有一个种族存在而无它的档案;
机器已教我们知道:对那无人道的、

落后的、除非报以绝对粗暴的否决
就不懂得讲理的愚昧社会来说,
我们的颜色、信仰和性别都是等同的

争端只有一个,有的制服是新的,
有的转变了阵营;然而战役在继续:
仍未获得的是"仁",那真正的人道。

这是历史上第三次大幻灭的世纪;
第一次是那蓄奴帝国的崩溃,
它的打呵欠的官吏问道:"什么是真理?"

在它废墟上升起了明显可见的教堂:
为人世共同失败感团结起来的人们
在它们的巨大阴影下像旅人结营而居,

他们确实的知识是那永恒之域:
那里有不变的幸福在迎接信徒,
也有永远的噩梦等待吞噬怀疑者。

在教堂下,一群知名和无名的工作者
并无他意,仅由于使用他们的眼睛,
不知自己在做什么,却破坏了信仰;

只用一颗中立垂死的星代替了它,
没有正义能来访问。自我是唯一的城,
每人在这囚室里寻索他的安慰和苦痛;

肉体只成了一架有用而得宠的机器,
听从爱的使唤和管理家务,而头脑
在它的书斋中同它自己的上帝对谈。

早自残忍的土耳其人攻下君士坦丁堡,
早自伽利略自言自语说:"但它是在移动,"
早自笛卡尔想"我思故我在",——那时起

即已在冲刷着人心的浪波,
在今天已经力竭,并静静地退去了,
而被退潮卷去的男女是不幸的。

在过去,智力从没有如此发达过,
心灵也没有如此受压抑。人的领域
变得像森林一样敌视友善和感情。

由无害的牧师和儿童发明的机器,
像磁石般把人们从大地和泥土
吸到煤矿的城市,来享有一种自由——

使节欲者得以和无地者狠狠讲价,
由于这一行动而播下了仇恨的种子,
长期孕育在破屋和煤气灯的地下室里,

它终于堵塞了我们情谊的通道。

老百姓尝到了他们殖民的苦难,
这知识使他们疏远开,像得了羞涩病;

心怀疑惧的富人们踱来踱去
在他们窄小的成功的天井里,每人的
生活方式都被扰乱;像窗台一样闯入,

恐惧筑起巨大的峰峦,对外面世界
投下沉重的,使鸟沉寂的阴影,
像雪莱,我们的悲哀对着峰峦叹息,

因为它把我们所感的和所见的隔开,
把愿望和事实隔开。那十三个快乐伙伴
如今变得阴沉,像山民一般争吵起来。

我们在地面游荡,或从床到床迷误地
寻找着家;我们失败而哀叹已丧失的年代,
向往于那时,"因为"还没有变成"好像",

"可能"也还不是严峻的"一定"。卑鄙者们
听到我们哭,那些粗暴者原想以暗杀

平息我们的罪,已经利用我们的愿望了。

他们从各方面提出无耻的建议,
如今在那具有康瓦尔形的天主教国家
(欧洲起初在那里成为骄傲的名称),

在阿尔卑斯北,在黑发变为金发的地方,
在德国,它那沉郁的平原像是讲坛,
没有一个中心,而今那无耻的呼声最响亮,

现在,在我们附近的这整齐的火山顶上,
(由于黑流,这里看不到塔斯卡洛拉海)
呼声比较安静,但也更不人道,更骄矜。

通过有线电、无线电和各种拙劣的翻译
他们把他们简单的信息传给世界:
"人类如果放弃自由,便可以团结。

"国家是实在的,个人是邪恶的,
暴力像一支歌曲能协调你们的行动,
恐怖像冰霜能止住思想的潮流。

"兵营和野营将是你们友善的避难所，
种族的骄傲将像公共纪念碑一样耸立，
并把一切私人的悲哀予以没收和保存。

"把真埋父给警察和我们吧；我们知道善；
我们能建立时间磨损不了的至善的城，
我们的法律将永远保护你们像环抱的山，

"你们的无知像凶险的海可以避邪，
你们将在集体的意志中完成自己，
你们的孩子天真可爱，和野兽一样。"

所有伟大的征服者都坐在他们的讲坛上，
赋予那讲坛以他们实际经验的分量：
有焚燃学者的书籍的秦始皇帝，

有疯人查卡，他把男女分隔起来，
还有认为人类应被消灭的成吉思汗
和统治者戴奥克利先生，都热烈发言。

拿破仑在鼓掌,他曾发现宗教有益,
还有其他人,或则欺骗过人民,或则能说
"我将促其必行"的,如矮子菲德里克。

许多著名的文书也支持他们的纲领:
那对一般人失望的好人柏拉图
忧郁而迟疑地在他们的宣言书上签了名,

商君赞成他们"没有隐私"的原则,
"君主论"的作者将诘问,霍布斯将向
能概括的黑格尔和安静的波桑奎游说。

每个家庭和每颗星心灵都浮动了,
大地在辩论,肥沃的新月争论着;
连通向某地的中途小城,那被飞机

现在施加肥料的沙漠中的花朵
都为此而争吵;在有高海潮和能行船的
河口的遥远的英国也是这样;

在西欧,在绝对自由的美国,

在忧郁的匈牙利,和机灵的法国
(嘲笑曾在那儿扮演过历史的角色);

这里也一样;这些耐心的、被大米养育
又被封建堡垒的道德守卫着的家庭,
有成千广相信,上百万在信仰的途中。

我们的领袖毫无办法,现在我们知道
他们是白费心机,弄巧成拙的骗子,
只知乞灵于画廊的祖先,仍在追求那

久逝的光荣,但它的利息已经潜逃。
正如华伦海特在赛尔西阿王国的一角
会低声说到他一度测量过的夏季。

尽管如此,我们还保有忠诚的支持者,
他们从未丧失过对知识或人类的信念,
而是热情地工作,以至忘了他们的三餐,

也没有注意到死亡或老年已经来临,
只为自由做准备,好似郭熙准备灵感,

他们静静期待它好似盼望着贵宾。

有的用孩子的坦率目光看着虚伪,
有的用女人的耳朵听着邪恶、不义,
有的选择"必然",和她交媾,她诞生了自由。

我们有些死者是著名的,但他们不理。
恶总是个人表现和奇伟壮观的,
但善需要我们一切人的生活作证,

而且,仅仅使其存在,就必须把它当做
真理、自由或幸福来分享(因为,什么是幸福,
如果不能在别人的脸上看到欢乐?)

他们并不像那些为了证明自己富有
而只种瓜的人,他们不是作为特别高贵者
而被人记忆;当我们赞誉他们的名字时,

他们警告地摇摇头,教训我们应感激
那卑贱者的无形学府,是这些卑贱者们
多少世纪以来做出一切重要的事情。

而且像平凡的景色环绕着我们的斗争，
而且熟稔我们的生活，又像风和水
与染红每次日落的死者之灰相融合；

给了我们以面对敌人的勇气
不只在中国的大运河，或在马德里，
或在一个大学城的校园里。

而且在每个地方帮助我们：在恋人的卧房，
在白色的试验室，学校，公众的集会上，
使生命的敌人受到更激烈的攻击。

如果我们留心听，我们总能听到他们说：
"人不会像野兽般天真，永远也不会，
人能改善，但他永远不会十全十美，

"唯有自由者能有做诚实人的意向，
唯有诚实者能看到做正直人的好处，
唯有正直者能有做自由人的意志。

"因为社会的正义能决定个人自由,
有如晴朗的天能诱人研究天文,
或沿海的半岛能劝人去当水手。

"你们空谈自由,但不公正;而今敌人
戳穿了你们的谎言,因为在你们的城市里,
只有步枪后面的人才有自由的意志。

"你们双方有一个共同的愿望,就是建立
一个统一的世界,欧洲一度就是那样:
冷面的亡命者曾在那儿写过三幕喜剧。

"别悲叹它的衰亡吧;那贝壳太约束:
个人孤立的年代已有了它的教训,
而且为了启蒙之故,那也是必要的。

"今天,在危急的血腥的时刻的掌握中,
你不打败敌人就自己死亡,但请记住,
只有尊重生命的人,才能主宰生命,

"只有一颗完整和快乐的良心能站起

并回答他们苍白的谎；是在正直人中间，
也只有在那里，团结才与自由相符合。"

夜幕降临在中国；巨大的弓形的阴影
移过了陆地和海洋，改变着生活，
西藏已经沉寂，拥挤的印度冷静下来了，

在种姓制度下瘫痪不动，尽管在非洲
植物界仍然像幼雏一样茁壮生长，
而在承受斜射光线的城市里，幸运者

在工作，但大多数仍知道他们在受折磨。
黑夜快触到他们了：夜底细微跫音
将在夜枭的敏锐耳朵里清晰地振荡，

而对焦急的守卫则是模糊的。月亮俯视着
战场上像财宝一样堆积的死者，
还有那些在短促拥抱中毁灭的恋人，

还有载着海上亡命者的船只；在寂静中
可以清晰地听到呐喊声投入到

茫然无感的空间，它从不间断或减弱，

压过树林与河流的永恒的喋喋，
也倔强得超过华尔兹催眠的回答，
或把树林化为谎言的印刷机的轧轧声；

我现在听到它发自上海，在我周身缭绕，
并和那战斗的游击队的遥远呼唤交溶，
这是人的声音："哦，教给我们摆脱这疯狂。"

打乱这冰冷的心的文质彬彬吧，
再一次强迫它变为笨拙而生气勃勃，
对它受过的折磨做一个哭泣的见证。

从头脑中清除成堆耸人听闻的垃圾，
纠集起意志的失迷而颤抖的力量，
把它仍集合起来，再散布在大地上，

直到有一天，作为我们这星体的供献，
我们能遵从正义的清楚的教导，从而
在它的激扬、亲切而节制的荫护下，
人的一切理智能欢跃和通行无阻。

# 探　索①

（十四行诗组，选十首）

## 门

从这里出现穷人的未来，
不可解的谜，刽子手和规定，
还有发脾气的女皇，或者
红鼻子小丑把愚人来愚弄。

大人物在昏黄中注视它，
可别不慎放进一段隐私生活，

---

① 奥登在发表《探索》诗组时曾加一条说明如下：
"《探索》的主题是常见的，神话里，像金羊毛、圣杯那样的传说里，儿童的历险故事和侦探小说里都有。这一组诗是就上述作品中某些共有特点写出的。诗中提到的'他'和'他们'，应看做是既是客观的，也是主观的。"

一个传教士般龇牙笑着的寡妇,
一声咆哮引来的轩然大波。

我们害怕时用一切堵住它,
我们死时则敲击着门格,
由于偶然打开一次,它使得

巨大的阿丽思看见了奇境,
在阳光下等待着她,而且,
由于自己太小,使她哭得伤心。

## 准　备

在事情开始的几周以前,一切
已在最精于此道的工厂里预订,
那能测定各种古怪事件的仪器,
和一切能润肠或润心的药品。

当然还有表,来观测"不耐"飞去,
防黑暗有灯,防日光则有遮光屏;
不祥之感坚持要有一杆枪

和彩色珠子来安慰野蛮的眼睛。

从理论上讲,他们在"预计"上很正确,
假如有什么尴尬的事情发生;
不幸,他们自己就是他们的困境:

谁都不该把药交给放毒者,
或把精巧的机械交给魔法师,
更不要把枪交给讨厌的厌世者。

## 诱 惑 之 一

他羞于作自己的悲哀的宠儿,
于是参加了一伙喧腾的传说,
他的魔术师的才干很快地
使这群稚气的幻影都由他掌握;

那魔力把市区的畸形化为公园,
又把他的饥饿化为罗马的宴飨,
一切时刻都坐上出租汽车,孤独
成了黑暗中他阿谀的女皇。

但假如他愿望的不是这么辉煌,
黑夜就会像野兽在身后尾随,
把他恫吓,所有的门都喊"防贼!"

而当真像遇见他并伸出她的手,
他就惺惺然靠紧他夸张的信念,
并且像受虐待的儿童悄悄溜走。

## 诱 惑 之 二

他使用一切关怀的器官注意到
王子们如何走路,妇孺们说些什么,
他重又打开他心中古老的坟墓
去学习死者一死以抗拒的法则。

于是不太情愿地达到如下结论:
"所有书斋的哲人都胡说八道;
爱别人就是使混乱更加混乱;
同情之歌只是魔鬼的舞蹈。"

于是他对命运鞠躬,而且很亨通,
不久就成了一切人之主;
可是,颤栗在秋夜的梦魇中。

他看见:从倾圮的长廊慢慢走来
一个影子,貌似他,而又被扭曲,
它哭泣,变得高大,而且厉声诅咒。

## 塔

这是为了古怪人的一种建筑;
天庭就如此被恐惧者攻取,
正如少女曾一度不自觉地
把她的童贞标榜得好似上帝。

这儿,在黑夜,当胜利的世界睡了,
失意的爱情在抽象思考中燃烧,
亡命的意志借助史诗回到政治,
在诗中让它的背叛者哭嚎。

但许多人希望他们的塔变为井;

因为害怕淹死的会死于干渴,
那洞察一切的会自己变为无形:

这儿,陷于自己幻术的大魔术家
渴盼一种天然的境界,不禁对着
过路的人叹息道:"要谨防魔法!"

## 冒 失 者

他们看到,每一个情况都指明
要有童贞才能把独角兽①诱陷,
却没有注意那些成功的贞女,
大多数都有一张丑陋的脸。

英雄确如他们想象的那样猛,
但都没注意到他特别的童年,
瘸腿的天使曾经教他如何
对失足跌跤予以恰好的防范。

---

① 在西方,独角兽象征耶稣,或"真理的福音"。传说猎获独角兽者必须先在它的洞中置一童贞少女,独角兽见她便伏于脚下,听任捕捉。

因此,他们仅凭着擅自的猜测,
独自走上了并非必行的途程,
半途就走不下去了,只好伴着

沙漠的狮子定居在某个洞中;
不然就改道而行,勇敢得荒谬,
遇见吃人的恶魔,并且变为石头①。

## 职　　业

半信半疑地,他呆视着那官员,
满有兴味地把他的名字填进
声请受难而被拒绝的人的名单。

笔已停止书写,虽然要当殉道者
已经太迟了,但还有个位置是

---

① "石头",据希腊神话记载:宇宙的主宰原是泰坦族巨人克罗诺斯,他有六个儿子,后因儿子反叛他,他便把他们陆续吃掉,只有一子宙斯被其母变为石头,没有被吃,并且终于推翻其父而成为宇宙的主宰。

当一名冷言热语的招引者:

用大人物的小缺点的笑谈
来测验年轻人有没有决心,
用嘲笑的赞扬叫热心人羞惭。

虽然镜子暂时可能很讨厌,
女人和书本该教给他的中年
一种家常的防御的机智,
以堵截一些冷场,并且用一个
世故的微笑关住他慢步的狂热。

## 道

每一天都有一些新的附录
增添到寻道的百科全书。

既有字义的注释,也有科学的解答,
还有插图的普及课本,拼法也现代化。

现在人人都知道了英雄该怎么做:

他必须挑选老马,忌酒和规避女色,

而且要物色搁浅的鱼,对它表示友好;
现在谁都认为,只要他存心就能找到

一条道路穿过荒原,直抵岩石间的教堂,
准可以看见三条彩虹或星钟的幻相。

却忘了提供这情报的人大多结过婚,
而且喜欢钓鱼,有时也喜欢骑马飞奔。

而这样获得的任何真理怎么靠得住:
只凭观察自己,而后再插进一个"不"?

## 冒　险

以前,别人曾由正路向左转,
但那只是在外界的抗议下:
悠悠的强盗被法律判为非法,
麻风病人被受惊者所惊吓。

现在，没有谁指控这些人有罪，
他们看来没有病：旧友们吃惊
而难过地看到他们像大理石
从高谈阔论滑到默默无闻中。

一般人更紧紧地抱住传统、
阳光和马了，因为正常人都明白
为什么偶数应该把奇数撇开：

无名者在自由人中不值一谈；
成功者都识大体，不会试图
去看看他们潜逃的上帝的脸。

## 冒 险 者

像陀螺，绕着他们中心的渴望转，
他们沿着否定的道路走向干旱，
在空虚的天空下，他们倾倒着
自己的记忆像污水，在空虚的洞边

他们干渴至死，却形成一摊泥沼，

魔怪在那里滋生,强迫他们忘记
他们的誓约所规避的美女,不过
仍以最后一息赞美着荒诞无稽,

他们结实而成为他们的奇迹:
每种怪异的诱惑所呈现的形象
都成了画家的最动人的画意;

不育的妇人和火热的处女都来
啜饮他们井中的清泉,并愿望
在他们的名下获得孩子和情郎。

# 美 术 馆

关于痛苦他们总是很清楚的,
这些古典画家:他们深知它在
人心中的地位;深知痛苦会产生,
当别人在吃,在开窗,或正作着
　　无聊的散步的时候;
深知当老年人热烈地、虔敬地等候
神异的降生时,总会有些孩子
并不特别想要它出现,而却在
树林边沿的池塘上溜着冰。
他们从不忘记:
即使悲惨的殉道也终归会完结
在一个角落,乱糟糟的地方,
在那里狗继续着狗的生涯,
　　而迫害者的马

把无知的臀部在树上摩擦。

在勃鲁盖尔的"伊卡鲁斯"里，比如说：
一切是多么安闲地从那桩灾难转过脸：
农夫或许听到了堕水的声音
　　和那绝望的呼喊，
但对于他，那不是了不得的失败；
太阳依旧照着白腿落进绿波里；
那华贵而精巧的船必曾看见
一件怪事，从天上掉下一个男童，
但它有某地要去，仍静静地航行。

## 题　注

本诗的主题是：人对别人的痛苦麻木无感。诗人在美术馆里看到勃鲁盖尔（1525—1569，尼德兰画家）的油画《伊卡鲁斯》，深感到它描绘的正是这一主题。"伊卡鲁斯"是希腊神话中的人物，他和他的父亲自制翅膀飞离克里特岛，在飞近太阳时，他的翅膀由于是用蜡粘住的，融化了，他也跌落海中死去。诗中描写的景色大多是勃鲁盖尔画中所有的。

# 正午的车站

一列稀奇古怪的快车从南方开到,
剪票栏外拥挤着人群,一张面孔——
市长没准备喇叭和彩带迎接它:
他的嘴角露着惊诧和怜悯的表情
使游来的目光感到迷惑。天空在飞雪
他抓紧手提箱轻快地走出站台
来传染一个城市,呵,这个城市
也许是刚刚面临它可怕的未来。

## 题 注

这首诗里所说的"南方来人""传染一个城市",可能指的是在"慕尼黑"以后纳粹主义对西欧的外交行动。写这诗时奥登可能在布鲁塞尔,慕尼黑在它南面。

# 悼念叶芝

(死于一九三九年一月)

## 1

他在严寒的冬天消失了:
小溪已冻结,飞机场几无人迹,
积雪模糊了露天的塑像;
水银柱跌进垂死一天的口腔。
呵,所有的仪表都同意
他死的那天是寒冷而又阴暗。

远远离开他的疾病
狼群奔跑过常青的树林,
农家的河没受到时髦码头的诱导;
哀悼的文辞

把诗人的死同他的诗隔开。

但对他说,那不仅是他自己结束,
那也是他最后一个下午,
呵,走动着护士和传言的下午;
他的躯体的各省都叛变了,
他的头脑的广场逃散一空,
寂静侵入到近郊,
他的感觉之流中断:他成了他的爱读者。

如今他被播散到一百个城市,
完全移交给了陌生的友情;
他要在另一种林中寻求快乐,
并且在迥异的良心法典下受惩处。
一个死者的文字
要在活人的肺腑间被润色。

但在来日的重大和喧嚣中,
当交易所的捐客像野兽一般咆哮,
当穷人承受着他们相当习惯的苦痛,
当每人在自我的囚室里几乎自信是自由的,

有个千把人会想到这一天,
仿佛在这天曾做了稍稍不寻常的事情。
呵,所有的仪表都同意
他死的那天是寒冷而又阴暗。

2

你像我们一样蠢;可是你的才赋
却超越这一切:贵妇的教堂,肉体的
衰颓,你自己;爱尔兰刺伤你发为诗歌,
但爱尔兰的疯狂和气候依旧,
因为诗无济于事:它永生于
它的辞句的谷中,而官吏绝不到
那里去干预;"孤立"和热闹的"悲伤"
本是我们信赖并死守的粗野的城,
它就从这片牧场流向南方;它存在着,
是现象的一种方式,是一个出口。

3

泥土呵,请接纳一个贵宾,

威廉·叶芝已永远安寝:
让这爱尔兰的器皿歇下,
既然它的诗已尽倾洒。

时间对勇敢和天真的人
可以表示不能容忍,
也可以在一个星期里,
漠然对待一个美的躯体,

却崇拜语言,把每个
使语言常活的人都宽赦,
还宽赦懦弱和自负,
把荣耀都向他们献出。

时间以这样奇怪的诡辩
原谅了吉卜林和他的观点,
还将原谅保尔·克劳德,
原谅他写得比较出色。

黑暗的噩梦把一切笼罩,
欧洲所有的恶犬在吠叫,

尚存的国家在等待，
各为自己的恨所隔开；

智能所受的耻辱
从每个人的脸上透露，
而怜悯底海洋已歇，
在每只眼里锁住和冻结。

跟去吧，诗人，跟在后面，
直到黑夜之深渊，
用你无拘束的声音
仍旧劝我们要欢欣；

靠耕耘一片诗田
把诅咒变为葡萄园，
在苦难的欢腾中
歌唱着人的不成功；

从心灵的一片沙漠
让治疗的泉水喷射，
在他的岁月的监狱里
教给自由人如何赞誉。

# 旅　人

他站在一棵特异的树下
把远方高举到面前,专寻找
抱有敌意的不熟悉的地方,
他想看的是异地的奇奥,

当然那里将不接待他居留;
他得尽力使自己保持原样:
即一人爱着远方的另一人,
原有着家,顶着父名在头上。

然而他和对方总是一套:
他一离开轮船就踏上港口,
照例是温柔,甜蜜,易于接受;
城市像簸箕般盛着他的感情;

人群不怨一声地为他让开，
因为大地对人生总能够忍耐。

## 太亲热,太含糊了

如果讲爱情
只凭着痴心
照定义而行,
那就隔着墙壁,
从"是"走到"不"
就通不过去,
因为"不"不是爱,"不"是不,
是关一道门户,
是绷紧了下腭,
能意识到的难过。
说"是"吧,把爱情
变为成功,
凭栏看风景,
看到陆地和幸福,

一切都很肯定,
沙发压出吱扭声。
如果这是一切,爱情
就只是颊贴着颊,
亲热话对亲热话。

声音在解释
爱的欢欣,爱的痛苦,
还轻拍着膝,
无法不同意,
等待心灵的吐诉
像屏息等待的攻击,
每种弱点原封不动,
相同对着相同;
爱情不会在那里
爱情已移到另一个座椅。
已经知道了
谁挨近着你,
不感到为难,
也不会昏眩,
就会有礼貌地

离开北方自得其所，
而不会集合起
另一个对另一个，
这是设计自己的不幸，
预言自己的死亡和变心。

# 步父辈的后尘

我们游猎的父辈讲过
　　动物的可悲的故事，
怜悯它们固定的特征
　　有一种匮乏和限制；
在狮子不耐的视线里，
　　在猎物临死的目光中，
"爱"在渴求个人的荣誉，
　　而那只有理性的赋予，
只有慷慨的嗜好和能力，
　　以及神的正确能增进。

从那美好传统长大的人，
　　谁能够预料这种结果：
"爱"在本质上竟款通

罪恶的复杂的曲径?
而人的联系竟能如此
　改变他南方的姿态,
使他在成熟的考虑下,
　只思索我们的思想,
并且违法地祈望,工作,
　还力图保持默默无闻?

## 题　注

对于本诗,理查·霍加特在《论奥登》(一九五一年,耶鲁大学出版社出版)一书中有如下解说:

在这首诗里,野兽的情况鲜明地突出了一种特殊的道德冲突。据奥登说,这种冲突是一个资产阶级知识分子所必须面临和解决的问题,假如他要成为一个马克思主义者。

我们的父亲和祖父们怜悯野兽缺乏理智,没有"进步"的能力。对比之下,人好似神,博大,有效率,慷慨和讲理性,能做出"南方"的姿态,即由道德的自信而产生的"爱"的姿态。中产阶级的这种美好传统通过家庭、学校和古老的大学而代代相传。然而我们这一代人却对这一类遗产的基础,对它所忽视的不义感到内疚。这同一"爱"的意识把比较觉悟的我们引向复杂的罪恶行为,即为了正确的目的而做出错误的行为,使我们在社会关系中放弃了宽大和人道的作法,转向掩蔽、诡诈和狡狯,自愿仿效野兽的阴险,而这种阴险仿佛是与理性不能并容的。

因此,这首诗的第二节议论说(奥登此时认为,这对他和类似他的人们是一种道德的必需),他们必须拒绝资产阶级的甚至"体面的"行为准则而采取更大的价值观。这种议论在本诗第一节里是如此引申出来的:它以一种讥讽而惋惜的口吻,谈到那一种传统已经消逝;我们和沉默的野兽的关系已经发生了变化;我们的父辈固守着他们的传统,可以怜悯野兽没有理智的本能;而具有更大的价值观的我们却模仿着野兽的最无理性的特征。

# 请　求

先生,你宽恕一切,不与人为敌,
只不过意愿他倒转,请别吝惜:
给我们权利和光,以神效之方
治疗那难以忍受的神经发痒,
断瘾后的疲惫,说谎者的扁桃腺炎,
还有内在的童贞的变态表现。
请断然制止那经过预演的反应,
把懦夫煞有介事的姿势纠正;
及时以笑颜鼓舞那些退却者,
使他们转回身去,尽管情况险恶;
公布住在城市的每一个治疗人,
或住在车道尽头别墅里的也行;
扰乱那死者之屋吧;欣然观看
建筑的新风格,心灵的改变。

## 我们的偏见

时漏对着狮子的爪低低劝告,
钟楼无日无夜不向花园吐诉:
时间对多少谬误都耐心等待,
他们永远正确是多么错误。

可是不管时间流得多么快速,
也不管它的声音多么洪亮或深沉
它从没有阻止过狮子的纵跃,
也没有动摇过玫瑰的自信。

因为他们要的仿佛尽是成功;
而我们在措辞时,总是量音取舍,
判断问题也总怕把事情弄拙;

时间对我们总是多多益善。
我们几曾愿意笔直地走到
目前的处境,而不是兜一个圈?

# 大　船①

街道灯火辉煌,我们的城市力求整洁:
三等旅客玩最脏的牌,头等客下大赌注;
睡在船头的乞丐们从来看不到
特等舱里能干什么;没有人问那缘故。

情人们在写信,运动员在打球,
有人怀疑妻子的贞操,或则妻子的美;
一个男孩野心勃勃,也许船长恨我们大伙,
也许有人在文明的生活中陶醉。

正是我们的文化如此平稳地
在海之荒原上行进,在前面某个地方,

① 此诗作于一九三八年,在奥登访问中国回去之后。

是腐烂的东方,战争,新花和新衣裳。

在某个地方,奇异而机警的"明天"睡下,
并筹划对欧洲人的考验,没有人能猜想
谁将最羞愧,谁变为富有,谁将死亡。

# 不知名的公民

(为 JS/07/M/378 号公民,国家立此石碑)①

据国家统计局的户册,他是个好公民,
从没有制造任何违法乱纪的事故,
各方面对他的品行的调查都指明:
用一个旧词的新义来说,他是个圣徒,
因为他做的每件事都是为社会服务。
除战时不算外,直到他退休之日
他一直在工厂工作,从没有被免职,
而是尽心竭力地效劳顾主,福吉汽车公司。
但他不是工贼,也没有偏激的政见,
因为据工会反映,他交会费从不拖延,
(据我们调查,他加入的工会也很正派)

---

① 本诗副标题是对无名英雄碑铭文的幽默的模仿。

而我们的社会心理学家经过调查,
发现他爱喝点酒,和同伴都处得不坏。
新闻界确定他每天都买一份报看,
对广告的反应也很正常,不管哪一方面。
保险单有他的名字,证明他完全保险了,
医疗册写着他住过一次院,但病已痊好。
厂商研究所和高级起居促进会宣称
他对分期付款办法的优点完全看得清,
并且具有一个现代化人必不可少的条件:
一架电唱机,一辆汽车,电冰箱和收音机。
我们的社会舆论调查员表示欣慰于
逢年论月他的见解都是恰如其分:
在和平时,他赞助和平;打仗了,他就参军。
他结了婚,给全国人口添了五个子女,
据我们的优生学家说,对他那一代父母
这么多子女不算多,而是正确的数目。
又据教师反映:他从不干涉他们的教育。
他自由吗?他快乐吗?这问题问得太可笑:
如果出了什么毛病,我们当然不会不知道。

## 这儿如此沉闷

在心灵的这个村落定居下来,
亲爱的,你受得了吗?确实,那大厅,
那水松和著名的鸽子房还在,
一如我们儿时,但那一对老人
曾如此同等爱我们的,却已死了。
现在它成了过客的旅馆,
并不怎么严格:有一条公路干线
就在它的门口经过,一夜间
一些淡饮料的小店林立起来。
那廉价的装饰,尖叫的游泳池,
那到处一样的小镇的时髦感,
你真的能把这一切当做家,而不是
寄希望于和一个陌生人的无心之美
做偶然的、羞怯的邂逅?

呵,你果真能在我们的笨拙中看到
邻居们想协助和爱的强烈愿望?

## 要 当 心

在这条钢丝上，在冒险之间，
出于善良的天性继续相会吧，
那善良已在和颜悦色中毕现。

用亲昵的名字彼此称呼，
微笑着，拉一只情愿的手臂
表示出一种竞赛中的友谊。

但假使由于夸张或者沉醉
而比这走钢丝更狂放一些，
前前后后都充满了威胁。

别让步子朝任何一边滑去，
以至侵入"经常"，或探进"从未"，

因为那就是恨,那就是恐惧。

站在狭隘上吧,因为阳光
只是在表面上才最光明;
没有愤怒,没有背叛,只有和平。

# 我们都犯错误

请看他天天若无其事地漠然停下,
再看他灵巧地整一下围巾,当他
随后登入汽车,让穷人看得眼花。

"这才是无忧的人。"人们说,然而说错。
他并不是那凯旋而归的胜利者,
更不是航行过两极的探险者,

而是平衡在剃刀锋上,左右是深渊,
生怕跌落,他学会这种矜持的身段,
既有殷勤的侧影,又挺立不凡。

那血液的歌,它变化莫测的行动
将会淹没铁树林中的告警,

将会消除这被埋葬者的堕性:

在白天,从一家到一家的旅行
是通向内心平静的最远的路程,
怀有爱的弱点,也有爱的忠诚。

# 让历史作我的裁判

我们尽可能做了准备,
开列出公司的名单,
不断刷新我们的估计
并且分配了农田,

发布了一切及时的指令
以应付这种事变,
大多数是顺从的,如所预料,
虽然也有人发牢骚,当然;

主要是反对我们行使
我们古老的权利来滥用职权,
甚至有类似暴动的企图,
但那只是顽童的捣乱。

因为从没有任何人
有过任何严肃的怀疑，
当然，他们谈不到有什么生路，
若不是我们胜利。

一般公认的看法是
我们没有借口可循，
可是按照最近的研究
许多人会找出原因。

认为在于一种并非稀见的
恐怖方式；另有人更机灵，
他们指出在一开始
就有犯错误的可能性。

至于我们呢，至少还有
我们的荣誉不能放手，
也有理由可以保持
我们的能力直到最后。

# 西 班 牙

昨天是陈迹,是度量衡的语言
沿着通商的途径传到中国,是算盘
　　　和平顶石墓的传播;
昨天是在日照的土地上测量阴影。

昨天是用纸牌对保险作出估计,
是水的占卜;昨天是车轮和时钟的
　　　　　发明,是对马的驯服;
昨天是航海家的忙碌的世界。

昨天是对仙灵和巨怪的破除,
是古堡像不动的鹰隼凝视着山谷,
　　　　是树林里建筑的教堂;
昨天是天使和吓人的魔嘴沟口的雕刻。

是在石柱中间对邪教徒的审判；
昨天是在酒店里的神学争论
　　　　　和泉水的奇异的疗效；
昨天是女巫的欢宴。但今天是斗争。

昨天是装置发电机和涡轮机，
是在殖民地的沙漠上铺设铁轨；
　　　　昨天是对人类的起源
作经典性的讲学。但今天是斗争。

昨天是对希腊文的价值坚信不疑，
是对一个英雄的死亡垂落戏幕；
　　　　昨天是向落日的祈祷
和对疯人的崇拜。但今天是斗争。

诗人在低语，他在松林中感到震惊，
或处身在瀑布歌唱的地方，或直立
　　　　在山崖上的斜塔旁：
"噢，我的幻象。送给我以水手的好运！"

观测者在瞄着他的仪器,观望到
无人烟的区域,有活力的杆菌
　　　　或巨大的木星完了:
"但我朋友们的生命呢?我要问,我要问。"

穷人在不生火的陋室里放下晚报说:
"我们过一天就是一天的损失。噢,让我们
　　　　看到历史是动手术者,
是组织者,时间是使人苏生的河。"

各族人民集起了这些呼声,召唤着
那塑造个人口腹的,并安排私自的
　夜之恐怖感的生命:
"你岂不曾建立过海绵的城邦?

"岂不曾组织过鲨鱼和猛虎的
大军事帝国,成立过知更雀的英勇小郡?
　　　　干涉吧,降临吧,作为鸽子,
或严父,或温和的工程师。但请降临。"

然而生命不予回答,或者它的回答

是发自心眼和肺,发自城市的商店
   和广场:"呵,不,我不是动力,
今天我不是,对你们不是;对于你们

"我是听差遣的,是酒馆的伙计和傻瓜,
我是你们做出的任何事情,你们的笑话,
   你们要当好人的誓言;
我是你们处事的意见;我是你们的婚姻。

"你们想干什么?建立正义的城吗?好,
我同意。或者立自杀公约,浪漫的死亡?
   那也不错,我接受,因为
我是你们的选择和决定:我是西班牙。"

许多人听到这声音在遥远的半岛,
在沉睡的平原,在偏僻的渔岛上,
   在城市的腐败的心脏,
随即像海鸥或花的种子一样迁移来。

他们紧把着长列的快车,蹒跚驶过
不义的土地,驶过黑夜,驶过阿尔卑斯的

山洞,漂过海洋;
他们步行过隘口:为了来奉献生命。

从炎热的非洲切下那干燥的方块土地
被粗糙地焊接到善于发明的欧洲:
　　　　就在它江河交错的高原上,
我们的热病显出威胁而清楚的形象。

也许,未来是在明天:对疲劳的研究
包装机运转的操纵,对原子辐射中的
　　　　八原子群的逐步探索,
明天是用规定饮食和调整呼吸来扩大意识。

明天是浪漫的爱情的重新发现;
是对乌鸦的拍照,还有那一些乐趣
　　　　在自由之王的荫蔽下,
明天是赛会主管和乐师的好时刻。

明天,对年轻人是:诗人们像炸弹爆炸,
湖边的散步和深深交感的冬天;
　　　　明天是自行车竞赛,

穿过夏日黄昏的郊野。但今天是斗争。

今天是死亡的机会不可免的增加,
是自觉地承担一场杀伤的罪行;
　　　　　今天是把精力花费在
乏味而短命的小册子和腻人的会议上。

今天是姑且安慰,一支香烟共吸;
在谷仓的烛光下打牌,乱弹的音乐会,
　　　　　男人们开的玩笑;今天是
在伤害别人面前匆忙而不称心的拥抱。

星辰都已消失,野兽不再张望:
只剩下我们面对着今天;时不待人,
　　　　　历史对于失败者
可能叹口气,但不会支援或宽恕。

(1937)

## 题　注

本诗大意说:正义和不正义的斗争集中在当时的西班牙内

战,一切取决于"今天"的"斗争",历史对于人类进步或倒退无能为力,事在人为。全诗未用直接鼓动性语言,而自然起了不小的鼓动作用。原诗几乎全用意象连缀而成,绝少用连系动词(中译文里不得不加了不少"是"字),音调激越,不押脚韵,但非自由体,每节第一、二、四行每行大致有四个特重音,第三行是二、三个特重音,符合霍普金斯(Gerald Hopkins)特创的"突兀节奏"(sprung rhythm)诗律。

# 歌
## ——第二十七曲

噢,谁能以充分的词藻
赞美他所信仰的世界?
在挨近他家的草坪上
鲁莽的童年在玩耍,
在他的林中爱情不知灾祸,
旅客都安详地骑马而过,
在坟墓的冷静的阴影下
响着老年的信任的脚步。
噢,谁能够描绘幻想底
栩栩生动的一草一木?

可是创造它并保卫它
将是他的整个报酬:

他将守望着,他将哭泣,
拒绝他父亲的全部的爱,
对他母亲的子宫失迷了,
八夜睡了一回荒唐的觉,
而后第九夜,将要成为
一个幽灵的新娘和牺牲,
并且被投进恐怖的洞里,
把天降的惩罚独自承受。

# 歌

## ——第二十八曲


据说这个城市有一千万人口,
有的住在大厦,有的住在鄙陋的小楼;
可是我们没有一席之地,亲爱的,我们没有一席之地。

我们曾有过一个祖国,我们觉得它相当好,
打开地图你就会把它找到;
现在我们可无法去,亲爱的,现在我们可无法去,

在乡村教堂的墓地有一棵老水松,
每一年春天它都开得茂盛:
旧护照可办不到,亲爱的,旧护照可办不到。

领事官拍了一下桌子说道,

"如果你得不到护照,对官方说你就是死了;"
但是我们还活着,亲爱的,但是我们还活着。

去到一个委员会,他们要我坐下;
有礼貌地告诉我明年再来找它;
但我们今天到哪儿去,亲爱的,但我们今天到哪儿去?

参加一个集会;演说人站起来说道:
"要是收容他们,他们将偷去我们的面包;"
他指的是你和我呀,亲爱的,他指的是你和我。

我想我听到了天空中一片雷响,
那是希特勒驰过欧洲,说:"他们必须死亡;"
噢,我们是在他心上,亲爱的。我们是在他心上。

看到一只狮子狗裹着短袄,别着别针,
看到门儿打开,让一只猫走进门;
但他们不是德国犹太人,亲爱的,但他们不是德国犹太人。

走到码头边,站在那里面对着水流,

看见鱼儿游泳,仿佛它们很自由;
只不过十英尺相隔,亲爱的,只不过十英尺相隔。

走过一座树林,看见小鸟在树上,
它们没有政客,自在逍遥地歌唱;
它们并不是人类,亲爱的,它们并不是人类。

在梦中我看见一座千层高的楼
它有一千个窗户和一千个门口;
却没有一个是我们的,亲爱的,却没有一个是我们的。

站在一个大平原上,雪花在纷飞,
一万个士兵操练着,走去又走回;
他们在寻找你和我,亲爱的,他们在寻找你和我。

## 题 注

这首诗是写从希特勒纳粹德国逃出的难民的遭遇。

斯蒂芬·斯彭德(1909—1995)

# 我不断地想着

我不断地想着那些真正伟大的人，
他们从娘胎里就记着灵魂的历史
是通过光的走廊，那儿的每一刻
自成一个太阳，无限而歌唱。他们的
美好野心是：他们仍吻着火焰的嘴唇
能叙述自顶至踵裹在歌里的精神。
而且他们从春天的枝干收集起
那像花朵般凋落下他们身体的欲望。

可贵的是，永远不忘记血液的喜悦，
它源自常青之泉，迸发出岩石外，
涌现在我们地球以前的许多世界里；

可贵的是,从不否定它对单纯晨光的
欢欣,或对黄昏的爱的严肃的要求;
从不允许日常事务以经年累月的
喧声和雾,窒息精神鲜花的开放。

靠近雪,靠近太阳,在最高的原野,
请看这些名字如何为摇曳的草
所欢庆,如何为白云的旌旗所招展,
又如何被轻风低诉给谛听的天空。
这些毕生为生而战斗的名字呵,
他们在自己的心里承接着火的中心。
生于太阳,他们朝太阳走了片刻,
给清澈的太空签署上他们的荣耀。

# 特别快车

她先发出一篇直率有力的宣言,
那活塞的黑色文告,然后稳稳地
像皇后一般滑行,离开了车站。
她昂然行进,以克制的冷漠态度
通过了卑微的拥聚两边的房舍,
路过煤气厂,最后穿过死亡的
沉重一页,上面满印着墓地的碑。
在城郊外是一片开阔的田野,
逐渐增加速度,也增加了神秘,
有似海上行船那么泰然自若。
现在她开始歌唱了,起初低声,
然后洪亮,终于像爵士乐般疯狂:
那是在转弯时尖声呼啸的歌,
是隆隆的隧洞之歌,闸和铁栓之歌。

然而总是轻盈而昂扬地流着
她那轮下的意气风发的节拍。
她冒着蒸气,穿过金属的风景,沿着
她的轨道冲进了极乐的新纪元。
那儿速度扬起了奇异的形状,
大曲线,像炮膛般干净的平行线。
最后,越过爱丁堡或罗马,远远的
在世界顶峰以外,她到达了黑夜,
在那里,在起伏的山上,低低的
只有流线型的硫磺光是白的。
呵,像彗星穿过火焰,她狂喜奔去,
那围裹她的音乐呵,没有鸟儿的歌,不,
没有任何绽出蜜蕾的树能够相比。

# 国王们的最后道理[①]

大炮拼写出金钱的最后理由
用铅制的字,写在春天的山坡上。
但是那在橄榄树下死去的孩子
是太年轻,太不懂事了,
怎么却被它们威严的眼睛看中。
他更适合于做一吻的目标。

他活着时,工厂的汽笛没召唤过他。
饭店的玻璃转门没有把他卷进。
他的名字没有在报上登载过。

[①] 原文是拉丁文"Ultima Ratio Regum",法皇路易十四(1638—1715)曾把它作铭文刻在大炮上;直到二十世纪初期,普鲁士军队的大炮上仍保留着它。诗中所说的战争是指一九三六到一九三九年的西班牙反法西斯内战。

世界以其传统的壁围绕死者,
他们的黄金被沉下做一口井,
而他一生像交易所的谣言飘忽在外边。

正当那天轻风从树上扔下花瓣,
呵,他太轻易地掷下了他的帽子。
不开花的墙上大炮丛生,
机关枪的愤怒铲割着青草;
旗子和叶子从手上和枝上脱落,
苏格兰呢帽在荨麻里烂掉。

想想吧,他的生命是无用的,
对雇主、饭店账目和新闻档案来说。
想想吧,一万发子弹才杀死一个人。
请问:是否值得以这么大的开销
来杀一个这样年轻,这样糊涂的
躺在橄榄树下的人?呵世界!呵死亡!

# 等他们厌倦了

等他们厌倦了城市的繁华灿烂,
也倦于谋地位,以便使自己终于能
挂着舒适的锁链萎靡一生,直到
死亡和耶路撒冷也褒扬到扫街人;
那时,富翁修建的大街和他们的
轻浮的爱情就会像旧布一样褪色,
任死亡走过生命,白色的笑闪过
一切面孔,干净而平等,像雪的反光,

在这时,当悲伤流溢和冻结了我们,
当痛苦的强光在每个街角闪耀,
当那支持昔日金屋顶的柱石的人
在外衣下萎缩了;想我们必能够
从饥饿,像从打火石一样,敲出火?

我们的力量如今是我们骨头的力量,
干净而平等,像雪的反光,
也是饥饿和被迫失业的力量,
而且是我们互爱的力量。

读着这奇怪语言的读者呵,
我们终于到达了这样一个国度:
光明,像雪的反光,映照一切脸。
这里你会奇怪:
何以工作、金钱、利润、建筑竟能掩盖
人对人的明显可触的爱?

同志们呵,请别让后来人
——那将从我们身体中生出的美好的世代——
别让他们奇怪,何以在银行倒闭后,
在教堂失败后,在我们的统治者被宣布为疯狂以后,
我们缺乏虎的猛如春天的魄力,
也不像树对喷出的泉水探出新根,
而是通过旧布的破口,让他们的眼睛
看到赞叹的黎明像炮弹在我们周身
爆开,它的光像雪,使我们昏眩。

## 不是宫殿

不是宫殿,一个时代的冠冕,
使头脑得以狂想,阴谋,歇下;
而是为了给人民齐心所搭的
高大的建筑上添一朵金花,
我建设。我只要说这一点:
企求稀有的累积,家族的骄傲,
或美的过滤的尘渣已太晚了;
我要说,把每个字迹重重印出:
从这里啜饮精力吧,只吸取精力,
仿佛从电池里吸取电荷,
以力图这个时代的改变。
视觉那小羚羊,精细地浪迹者,
天际的浮光掠影的啜饮者;
听觉,它神游在一根丝弦上,

攫取那没有时间的境界；
触觉,爱,一切感性呵:
离开你们的园地和歌唱的华筵,
别再梦想在我们的太阳以前
旋转的太阳,或现世后的天堂吧。
请注意那些激发外部感官的
闪耀的镜中的形象,那磨亮的意志,
那被风雕出的我们宗旨的旗帜。
没有心灵在这里寻找安静,而是:
不该有人挨饿;人该同等消费。
我们强制的目标是:人该是人。
老古董撒旦的纲领,以大炮
书写在双联单的附页上,
还辅以傲视在怒涛上的战舰:
为什么? 为了贯彻一个害人目的,
为了毁灭一切,除了他世代的剥削者。
我们的纲领也同样,可是倒转:
把杀人犯消灭,给生活带来光明。

## 一个城市的陷落

墙上的一切标语,
街上的一切传单,
都撕毁了,或被雨流过,
它们的字被泪水涂去,
胜利的旋风
从他们的身体剥下了皮。

大厅中一切英雄的名字,
那里曾有步声如雷,铜嗓高呼,
福克斯和洛加在墙上被宣布为历史,
而今被愤怒地划掉,
或者向尘土交还了尘土,
从金色的赞誉里排除。

一切的勋章和敬礼
都从前胸和手扯下，
和它们穿过的人皮囊一起被扬弃，
或者在头脑最深的河床
它们被一个微笑冲去，
是那微笑送来了胜利者。

一切学过的课程被否定，
如今，那学认字的年轻人
被一层古老的膜遮住眼睛；
农民跟着驴子的吁叫声
重又唱起结巴的歌；
这些人只记着遗忘。

但在某个地方，某些字压着
一颗头颅的高门，而在一个
不折射的眼睛的一角，
会有老人的记忆跳给一个孩子，
——呵，那有力的岁月的火花。
而孩子，像珍藏苦恼的玩具，将收起它。

# 北极探险

我们唯一的宗旨是走过雪地,
把脸扭向它们的巨大的北方
像磁针一样。有如在白色的银行里
办事员给白纸留下成行的鸟爪笔迹,
我们增加足迹在雪上。
广大的白色淹没了
一切空间的感觉。我们穿行过
静止的、闪烁的日子,时间浮悬的空白,
那是春天和秋天。夏天发掘出水,
水流过岩石,半个世界变成了
深底的船,隆隆响的浮冰,
和寄居有一些小鸟的冰山:
雪原啾啼的白颊鸟;格陵兰的麦鹟,
红脖子的潜水鸟;想想蝴蝶吧,

那硫磺云雾的黄色;吸食虎耳草的
蜜蜂的闪光;岩高兰,
覆盆子,蔓越橘,鹿蹄草。
接着是冬天在冰冻的小屋里,
中心是足够暖的——可是把头
靠墙睡吧,冰就粘住我的头发!
憎恨斑鸠的大声呼吸,蔑视自由人
为洗浴而焦躁。只爱那为残食
而哀嚎、挖掘的狗。留心一下
它和母狗一齐(跑一短程)跑得多好。
因为,那和我们不同。
回来,回来,你警告!我们回来了,这就是
你们的城市、铁路、金钱、语言,语言,语言,
饮食、报纸、交易所、辩论、
电影、无线电,然后还有婚姻。
我睡不着。夜间我看到一个
清晰的声音说话像图画。
它的问话是白的裂隙——这冰可是
我们的愤怒所转化?阴冷而静止的
天空,这可是精神的饥饿?
继续穿过雪地的被催眠的行进,

珍贵的灭亡堕下的夜,这些
可仅仅是意志的广阔的迂回
和冰冷的心的逃避? 如果这想法
在这里好似一种疯狂,好似雪的
寒冷覆盖着夏天——那么,那北方
可是一种明显的、真正的疯狂?
一种坚定的单纯,绝对的,没有市镇,
而只有熊和鱼,一只发怒的眼,
一种新的单一的性别?

C. D. 路易斯(1904—1972)

## 请想想这些人

请想想这些人,因为我们谴责了他们;
领路人而没有确切去处,向导迷失了方向,
或者与强盗合伙,暗中倒转了路标,
对祖先不尊敬,对子孙不负责任。
是畸形的变种,植根在沙砾的地方,
生而荒瘠,有花无果,密叶令人窒息,
体内的汁液滞塞,他们拒绝了太阳。

那喜欢尖酸刻薄的男人,那心地
偏到一边的女人,不大方,不正当;
他们让新生的遭受比风雨更大的苦,
把正直人放逐,把有预见者解雇。

他们把田地淹没,变为玩赏的湖,
在苦旱时,他们放干了水库的水,
让它流入私用管道,供沐浴和浇花。

只取得而不润泽,食利而不出力,
怨诉而不求成,不试探而只背叛,
他们没有星导航,他们的月亮无用。
天天在否认,却不能深入挖掘;
在别墅里被直系亲属逼到绝境,
他们数着羹匙,满足于软枕垫,
他们祈祷太平,却给人灾祸。

那收受贿赂者将受害于贿赂,
朽木再变干枯,终结于收容所里,
成为孩子们的祸根,国家的负担。
但他们的恐惧和狂乱传染了我们,
药物或隔离都不能医治这毒瘤:
现在是开刀的时候了,迟了就无望,
要和过去决裂,施行一次大手术。

## 十 四 行

作鸟的旅行,漫不经心地俯视
成片的沙漠,石头神沉没在沙中,
而海和陆拥抱在一片白色的梦里,
或跳出时间之外,总能重新开始。
或者像鸟定居,在颤巍巍的星星
和秋之浪花上作出忠诚的姿态
表示永远不变;或者浮游在
远离沮丧的波浪的一片海湾中。
这都是我们的愿望。可是,唉!飞鸟
为愚昧的目的感所蔽,盲目飞行,
她的重量对于玻璃般的平静
毫无印痕,她的家只是一筐风了。
行旅的我们被我们的路途骗走,
我们定居,但也像羽毛落上时流。

## 两人的结婚

那么他们结婚了,以后就
永远生活得幸福?
这夸耀绝不是上天的礼物,
更不是人间的,这里爱情和天气一样
变幻无常:只能说他们是夫妇。

请告诉我他结婚的誓言。
那不是教堂规定的一套。
而是有一夜,独自倚窗时,说道:
"我要好好待她,我的心所拥有和需要的
都押在这危险的誓盟上了。"

这婚姻是如何盖章的?
有一天,他所爱的陌生人

失踪了;发现她藏在他的天性
提供的一隅,并且盖上了它的私章。
配偶若要凭证,这样盖章才行。

那婚姻是怎样结束的?
有些婚姻从不告终。
政府在流亡;可是地下的斗争
却继续着,甚至打到两败俱伤
战士们也绝不放松。

两人的结婚是怎么回事?
那是一个人的失踪,隐没,
由于受了伤或自愿退位;是一个
真投降,被嘲弄,一个不称心的胜利,
是玫瑰,荒漠——也是空中楼阁。

# 路易斯·麦克尼斯(1907—1963)

## 跳　板

他从没有俯冲——至少我没看到。
高临伦敦的上空,赤裸裸的,在夜晚
歇在一块跳板上。我从他的恐惧
和我的恐惧所形成的监牢窥探:
不仅是恐怖把他钉在一群新星里,

而是无信仰。他知道得很清楚:
情况号召人去作出牺牲,但是
在城市上空展开鹰翅,颤栗着,
他的血液开始和历史争执:
假如他冲下,他将付出什么价格。

若是能挽救世界呢,那是值得的,
然而他,十分有理地,早已不相信
乌托邦或太平盛世了,他的朋友
不会在他的死里看到替罪或赎金,
只看到一粒信念——很难讲报酬。

但我们知道,他懂得该怎么办。
在伦敦上空,当楼角的魔嘴在笑,
他将像轰炸机俯冲过破损的尖顶,
一个人把他自己的原罪抹掉,
又像千百万别人,为人民而牺牲。

## 探　险

鲸鱼冲过移动的大理石的悬崖，
绦虫在肠子的黑暗里窥探摸索，
燕子集体飞向吸引它们的目标，
　这都是我们类型的榜样，
不过,尽管我们还羡慕它们,它们只是
　令人惊异一下,就被遗忘。

因为那海洋的刻画者,笨大而无障碍,
厌倦了陆地,才到水里寻求自由和欢快,
他虽然成功,却失败了;因为只是本能
　规划着他的图线,而尽管
他在我们看来是自由而快乐的怪物,
　他只是大海所属的一员。

那盲目无华的蛆虫,得意洋洋地自贬,
对人们成了一个做出最坏适应的榜样——
宣扬寄生的光荣,一种矛盾的修辞——
　　甚至连诅咒也不值得,
他缺乏他那种生活的唯一的骄傲:
　　不知他做了最坏的选择。

因此,甚至那成群的鸟,如此喜悦地,
宗旨明确,骨子里也充满气派,他们是
天上有居民权的公民,从来不会
　　不合时宜或越出线外,
他们也不是我们的模范;他们的宗旨
　　只是加予他们的预先安排。

而我们的却不是。因为我们是独特的,
自觉地希望,因此也是绝望的生命,
我们是世界上最终的怪物,不会从
　　鲸鱼、鸟或蛆虫学到什么方法;
我们的目的是自己的,需要自己努力争取,
　　并且维持在我们的条款下。

# 预　测

再见吧,冬天,
白日一天比一天长了,
茶杯里的茶叶片
预告一个生客的来到。

他将给我带来杂务,
还是给我带来高兴?
或者他来临是为了
治疗他自己的病?

负着小贩的担子
他将走过花园,
是来向人求乞,
还是来讲价钱?

他是来烦扰人的,
还是来奉承或叫嚷?
手里攒着一把许愿?
还是腰间别着一杆枪?

他到底名叫约翰?
还是名叫琼纳——
那被冲在爱奥那岛上的
哀号忏悔的他?

他可是名叫杰孙,
在把水手寻找?
还是一个十字军人物
狂热得莫名其妙?

他带来的是什么信息:
战争,工作,或是婚姻?
是古老的谚语,
还是晨曦一样的新闻?

他会不会对我的问题
给一个精彩的答案?
还是讲些隐晦的话,
想方设法躲躲闪闪?

他的名字可是爱情,
所谈的话全是发疯?
或者他的名字是死亡,
他的信息倒很轻松?

# W. B. 叶芝(1865—1939)

## 一九一六年复活节①

我在日暮时遇见过他们,
他们带着活泼的神采
从十八世纪的灰色房子
从柜台或写字台走出来。
我走过他们时曾点点头
或作无意义的寒暄,
或曾在他们中间呆一下,
有过礼貌而无意义的交谈,
在谈话未完时就已想到
一个讽刺故事或笑话,

---

① 此诗是为爱尔兰一次失败了的争取独立的起义而写。

为了坐在俱乐部的火边,
说给一个伙伴开心一下,
因为我相信,我们不过是
在扮演丑角的场所讨营生:
但一切变了,彻底变了:
一种叫怕的美已经诞生。

那个女人的白天花在
天真无知的善意中,
她的夜晚却花在争论上,
直争得她声嘶脸红。
她年轻,秀丽,哪有声音
比她的声音更美好,
当她追逐着兔子行猎?
这个男人办了一所学校,
还会驾驭我们的飞马;
这另一个,他的助手和朋友,
也加入了他的行列,
他的思想大胆而优秀,
又有敏感的天性,也许
他会终于获得声望。

这另一个人是粗鄙的、
好虚荣的酒鬼,我曾想象。
他曾对接近我心灵的人
有过一些最无理的行动,
但在这支歌里我要提他:
他也从荒诞的喜剧中
辞去了他扮演的角色,
他也和其他人相同,
变了,彻底地变了:
一种可怕的美已经诞生。

许多心只有一个宗旨,
经过夏天,经过冬天,
好像中了魔变为岩石,
要把生命的流泉搅乱。
从大路上走来的马,
骑马的人,和从云端
飞向翻腾的云端的鸟,
一分钟又一分钟地改变;
飘落在溪水上流云的影
一分钟又一分钟地变化;

一只马蹄在水边滑跌,
一只马在水里拍打;
长腿的母松鸡俯冲下去,
对着公松鸡咯咯地叫唤,
它们一分钟又一分钟地活着,
石头是在这一切中间。

太长久的牺牲
能把心变为一块岩石,
呵,什么时候才算个够?
那是天的事,我们的事
是喃喃念着一串名字,
好像母亲念叨她的孩子
当睡眠终于笼罩着
野跑了一天的四肢。
那还不是夜的降临?
但这不是夜而是死;
这死亡是否必要呢?
因为英国可能恪守信义,
不管已说了、做了什么。
我们知道了他们的梦;

知道他们梦想过和已死去
就够了;何必管过多的爱
在死以前困惑着他们?
我用诗把它写出来——
麦克多纳和康诺利,
皮尔斯和麦克布莱,
现在和将来,无论在哪里,
只要有绿色做标帜,
是变了,彻底地变了:
一种可怕的美已经诞生。